岁月缝花

罗亚晴 著

辽宁人民出版社

© 罗亚晴　2025

图书在版编目（CIP）数据

岁月缝花 / 罗亚晴著 . -- 沈阳 : 辽宁人民出版社 , 2025. 1.
ISBN 978-7-205-11263-9

Ⅰ . I267

中国国家版本馆 CIP 数据核字第 2024JB7589 号

出版发行：辽宁人民出版社

　　　　　地址：沈阳市和平区十一纬路 25 号　邮编：110003

　　　　　电话：024-23284191（发行部）　024-23284304（办公室）

　　　　　http://www.lnpph.com.cn

印　　刷：天津光之彩印刷有限公司

幅面尺寸：145mm×210mm

印　　张：9

字　　数：150 千字

出版时间：2025 年 1 月第 1 版

印刷时间：2025 年 1 月第 1 次印刷

责任编辑：赵维宁　段　琼

封面设计：果　丹

版式设计：孙国春

责任校对：吴艳杰

书　　号：ISBN 978-7-205-11263-9

定　　价：68.00 元

我只对平凡的事物感到惊异

———

博尔赫斯

对世间的离别深信不疑，因此才会相依

关于书名，是我写给知友未寄出的明信片，倾注了我想说的话。

话题从那些经年的事谈起，它们如山边上开放的油桐花那样荒废而美好。

我在大山里生长，青山是纱帐，绿草是摇篮，那些田野间的繁花是锦缎。田陌上缀着紫菀花的白，野棉花花的红，让我为之触动。它们的生命力那么顽强，唾手可得使人怜惜。

在外婆家我度过了童年的许多时光。说起将去的城市，她倚在门槛边的样子，笑言里全是谦和。异地遥不可及，城市是她从未到过的地方，有着无法丈量的距离，就如同久居城市的人们对与世隔绝村庄的设想。

那是一个有风的下午，对面草坡上停留几只白色山羊低头觅草，似要下一场大雨。荆棘里一种叫梭叶藤的花，一到下雨天就会开放，在雨后格外洁白清新，一直不知它的学名，后知是光柱铁线莲，我曾不顾荆棘划伤采来。

让我触动的是月光下鸡群在屋前坪地里簇拥一团，等待黎明划破黑暗。因为远行而早起时，见到这一幕会对故乡有恋恋的不舍。夏季整日忙碌的一家人，在黢黑的灶火间很迟才吃上晚饭，为他们端出米饭冒着白茫茫蒸汽的情形而触动。这些细密的心思终究无法向人述说，只能落入心田或随时间淡去。

外祖父母为孩子们种下一塘荷藕，一塘荸荠。小小的方形梯田，荸荠种在荷塘的下端，抽出长长的绿管，略显得珍惜一些。荷塘里拥挤着青翠的浮萍，似荷叶的缩小版。每逢我们到来，外婆都会坐下来，从身上斜襟口袋掏出一把焐热的坚果。她不知道怎样表达她的情感，只知道给予。凡常的记忆会逐渐在重叠的日子里淡去，但绝版的情感会越发深浓。

在北五环的房间，百合在夜里静静开着，它的香气一度使人迷走神经紊乱。怀着沉沉的心事睡去，重复的多是同一个梦境，梦境中外祖父母还在，我前去探望，一路跋山涉水，越过重重阻隔，却始终不能到达。或是在门前的水沟边追逐，一边跑一边看着漂浮物被沟水带去的无力。梦境反复交织，到翌日清晨才在现实的忙碌中冲散。

那些片段是童年的下雨天，在木楼上的卧房，看对面群山犹如兽脊，猜数不清的谜。是夏夜里，追着萤火虫的尾光，突然闯进大黑屋子的迷惘。回到床上，摇着蒲扇，听他们再讲一遍书中人的侠肝义胆。它们是诗，是童话，是歌谣，童话多是偏执的，就像沙滩上筑下的城堡，有一天会轰然坍塌，彻底毁坏。迷惘是少年一个人去赶火车的下午，听火车来时的一声长鸣，心情有多种交集。离别从此成为我人生的第一堂课。

十五岁的秋天，我成为在时光里伫立和旅途中奔走的人。

现在，我仿佛正与那个经年的自己相逢，与困惑的童年、荒蛮的青春相逢。童年是开在篱墙上的夕颜花，如朝露易逝，仓促却美好。青春是彩色糖纸烘托出的花花世界，是现实中抓不住的涂色。

母亲的脸庞，如田埂上野棉花绽放的那片暖红。独生的她，一生为情所牵，有许多无处安放的情感。写的这些微如尘埃，现在只得等它落定。

我知道，每一次思念的起头，都是与过去作别。

罗亚晴

目录

○○
Content

壹

鸟兽虫

贰

你未看此花时，此花与汝同归于寂

叁

坐看云起

肆

田园将芜

目录 ○○ Content

Sui
yue
feng
hua

第

壹

章

鸟兽虫

纺织大师

　　那天我从一根树杈上掉下来，任由身体失去重心地荡了几下。屏住呼吸猛一翻身，"咔"。还有一线距离，险些就软绵绵地堕在马路牙子上被碾作肉酱。如果不是刚才的急中生智，兴许我已经命丧黄泉了。在人脚下，也无非是指头大个印，一点都不壮烈。

　　上天没有给我乌龟和蜗牛的盔甲，也没有给我翅膀，即使笨重如信天翁也能在蓝天上滑翔。我有吐丝结绳的本领，这让我多次幸免于难，否则我该死过百十回了。

　　这地方刚下过雨，一场风雨就能让我们颠沛流离，搞不好还要弄得妻离子散，家园尽毁。好在胳膊腿俱全，能自食其力讨生计。

现在风平浪止，一如平常。有风乍起，倒是把道路吹干了。借着风，我意兴斐然地簌簌飘飞。"飞行"是我的本领，几乎是与生俱来的。从这棵树到那棵树，每到一处，就留下一根根飘飞的银针作证据。我脚一蹬，从天而降，身体落在一根不知是什么树的枝上，抛下银针，两条长长的丝线，错搭在一起，美妙的秋千在风里荡。我找准一根树杈一时间点兵点将，左右开弓起来，一张雏形的网就形成了。我要赶在天黑之前把那些费事的网格织完，最好还能捉两只"冒失鬼"解决晚餐。

　　我的兵将就是我尾部的丝囊，没错，它是我的法宝，也是我的绝杀武器，关键时还能救我一命。不知什么时候起，我开始繁密地干起手中的活儿来。一圈一圈，我用后腿扯着放出来的丝线，义无反顾地在丝囊边上划，交搭，错落，从里往外，有条不紊，循环往复，永远干下去，好像永远也干不完。网圈在逐渐扩大，我看也不看，等我把网织到大半，再环顾一下我选的这个地方，会忍不住得意扬扬。下面是一片整齐划一的女贞树组成的藩篱，一棵垂柳温顺地倚在水边，一个大大的湖出现在我的眼前，几只水黾轻悠地浮在水上，这个池塘中的溜冰者骄傲地在水面上顿顿挫挫，身手敏捷，它们似乎从不思考分外的事，只因出色的平面滑行能力而横行江湖。

"嘿，只会浮游的家伙！"我对着水黾不屑一顾地说，方才的丧家之痛几乎被我抛在脑后。说着，我继续挥动着我的双脚，一刻也不愿为了水黾而耽搁。自己住的地方，不能偷工减料，只得耐心点织完。等网织完，我扭着发酸的胳膊，甩啊甩，什么时候觉得舒服了，我就往网中央一躺，让阳光晒个痛快。

一个影子浮现在我的眼前，她望了我多久了？我埋怨自己太过糊涂。她是一个眼神定定的女孩，大约二十岁出头。我停下手里的动作看着她，她如果将我的网撕破，我就急转直下逃走，如果我被她捉去逗玩，我就装死。被人无故擒住，生死只是瞬间的事，不过我谅她不敢，捏死我会弄脏她的手。她果然放我一马，只当我是片萎靡不振的黄叶，一点欣欣向荣的生气都没有。是的，我不怕人，我在人的世界里毁誉参半。我毁坏过人的劳动，但也捕杀害虫。不过就算我坏事做绝，他们又能奈我何，见到我想捏死我还嫌我脏，哪次不是我兴冲冲在他们生活的地方撒泡尿才遁走的。

若不是桐花的香气提醒，我还不知道初夏到了。我仰着头看那些高大的树木开满树的紫就犯晕，像一大片云海要将我吞没。云海何其大，而我只需一隅寄身。忽然掉下的一滴雨水将我砸得生疼，更别说疾风扫荡了。我悬挂一条丝线下去看个究竟，因为这场覆巢的雨水，蚂蚁们在浩浩荡荡地迁徙，它们携家带眷的队伍走成了一条黑线。我倒挂在树上，对它们说："嘿，伙计们，今天的运输工程不小啊！"蚂蚁们忙着搬家什，没空搭理我，也许是我说的它们听不明白？我跟自然界中大多生物都能相安无事，无聊时揶揄几句，它们顶多朝我翻个白眼也就了事，不会真对我舞棒动枪，关键原因可能我不是它们的菜，尽管我的肉身还不够填它们牙缝，但万一一只长喙动物踱步跟前，我还不得八只脚抬开慌忙逃窜。

啊呜——我简直要抓狂，我只稍稍出门一趟，我的网就不知去向了。我感觉我的胳膊气得嘎吱作响，这半天工夫付诸东流了，这得折煞我多少脑细胞？只是精确测算两端支点的距离，我就要来来回回穿梭无数次，才让我的建筑稳稳架在中间。大多时候大家看见的都是我勤劳的模样，与其说我在耐心织网，不如说在收拾同样残破的心情。

网是我存在的依据，是我生死依恋的地方，每天睁开眼闭上眼都是在这张网上。别看它风吹即斜，只要触了我的网，就会触到一个喜怒哀乐的变速器，生死悲欢都在这里浓缩上演。很多时候，它是无油烟的厨房，更是不见血的屠宰场。我在这里杀伐掳掠，大快朵颐，完成进食和排泄。它还是我独自疗伤的地方，身在江湖飘，哪能不挨刀，有时难免会扭伤胳膊或断掉一条腿，让我不得不连续禁食几天。

通常我能在任何地方安家，也能去任何地方浪迹天涯。我不仅在暗黑的地方出没，也常对着透光透风的地方结网。我似乎有洁癖，吃喝拉撒的区域分割清晰，绝不在自己污染过的地方饮食。我胃口极秀气，最长时间可绝食两月有余。一天到晚就为了这副躯壳奔忙，有时候真想胸无大志啊，相形之下感觉自己好挫败，所以就突发奇想地造网，想搞得自己也是有本钱的。

刚才我还在为一次扑空而气恼，一只飞蛾自投罗网，它挣扎几下，鳞片上卸下一层粉末以此逃脱。看来我需要把网织得更紧更密些。与其他生物相比，我似乎天生诡计多端，我还是其貌不扬的用毒高手，轻易就能毒死一只昆虫，但我并不会立刻享用，那只会让我自己中毒更快。我会伪装成不经意把食物抛撒在外，引诱它的同类前来。没事时我就挂在网中央假寐，一只蜻蜓震动了丝网，我腿部的传感器最先感觉到一只大家伙闯入我的营盘。我三步并作两步爬过去，看见它在扑棱着翅膀，我用一剂毒液将之麻痹。这种送上门的好事不常有，通常风吹得我战战兢兢左右摇晃，我还要从容不迫地纺纱结网。哐当——有时我把器械一扔，不想干了。这网织下去，有时连半只苍蝇都套不住，我何苦要干？我就这么翻着腰杆，肚皮朝天，看太阳是不是能把我晒扁。

我做了一个梦，我织了一张最漂亮的网，有了一副不让人觉得面目可憎的身躯。我变得甜言蜜语，迷惑了最漂亮的异性为我着迷，我似乎变得高大伟岸起来。

网织好了，我就坐在自己的八卦阵中，其他生物都喜欢主动出击，而我近似于守株待兔。我抛下一条丝线作饵，看谁会上钩，一条刚出世的毛毛虫以为我的丝是它的零食，咬一口它就被粘住了，眨眼间就开始了它的"蹦极"之旅，它挂在树枝上晃啊晃，每挣扎一下，我的心就快活一次，我几乎要笑出声来。接下来只要我从末端收线，它就会被我成功"解救"上岸。

网是我的温床，也是美丽的天罗地网。赶上心情好，我会把房间拾掇得别具韵味。只要是在我的建筑范围内遇到的阻碍，我都会因地制宜巧妙剪裁，绕过一根虬枝、一块横梁都不是难事，所以并不是什么时候我的网都是圆的。有时候我也会应付两下，随便找个地方织个临时住所。为了避免风吹雨打，我也会找个舶来品安家——在人类的屋檐下织网，如果下面是一堵墙，这张网就可以尽可能地又大又密，这需要一定的前瞻性，准确计算出两端的距离，要挥霍掉我多少丝线，最后让我的建筑不仅实用还要美观，这需要一定的规划能力，不能让它在弹尽粮绝时烂尾。

相比寄人篱下，其实我更喜欢将自己淹没在大自然的噪声里。常常是人来叨扰我们的地盘。紫藤花下，我碰见一对恋人在那里旁若无人地啃咬，我似乎也有了些聒噪。六月的蝉鸣，总是如此地撩人心弦。花瓣掉落殆尽，每一朵花都是一个退伍的伞兵，我扯出一根细线在空中环抱住它们。

那些悬铃木的叶片一律带着齿形的边缘，是我编制勾魂婚房的地方。这天我在一棵悬铃木上遇见了一具美得吐血的雌性，在我眼中它就是美的化身。为了让它注意到我，我抱着一颗比我还大的悬铃木球飘来荡去，不知道是风把树枝吹得飒飒作响，还是我听见了它发出的笑声。总之，它停下来了，开始注意到我，接下来我们记住了彼此的样貌特征。

为了吸引它再次出现，我甚至煞费苦心地织出一行英文字母代表我的心意，有时我急火攻心地画下一串潦草的数字，那是我在婚房上加的纯白蕾丝，这是否算得上求偶前的终极浪漫？它最终还是没能抵住我的软磨硬泡，被我成功蛊惑，愿意与我繁衍后代。见它芳心一动，我趁势追击，用丝缠绕住一只蜜蜂奉上。它笑靥如花，完完整整地将礼物收下，我在一旁看它抚弄着刀叉，优雅地品尝我赠送的点心，那一刻我感觉骨头缝都在酥麻。

我什么时候这么无私了？难道我陷入了爱情？我抹了一遍白花花的眼泪，我把自己都给感动了。一般我都在独自生活，与物种相遇的一刻只为了终极需要——捕食或交配。平常我待在自己的网内倒也威风，同类各自为战互不干涉，大家都是独立生活者，各扫门前雪，个体之间保持充耳不闻，在大路上遇见也互不侵犯，彼此还要留着一点安全距离。

此时此刻，我仿佛对异性有了些把握，热爱浪漫和耽于享受是它们与生俱来的天性。不知我什么时候开始打破了这种个体间的界限和羞耻感，大概就是在求偶前。我变得更主动，爱臭美，甚至需要同伴的赞美，最后在两相情愿下才与其交配，并乐此不疲。我甚至掌握了受青睐的规律，它们喜欢我每天像语言大师——小鸟一样说些让它们颠倒迷惑的誓言。

我会动手纺织，用纺管纺丝，什么时候我的网遭到了破坏，什么时候我就有自建爱巢的雄心。虽然我永远都不会变成白天鹅，但我要让我们的温床像天鹅绒一般柔软。我忙不迭地用后腿划拉着，放出来的丝一遇到空气就凝结成了线，我感动了自己，我甚至有了牺牲精神和为爱奉献自己短暂一生的想法，我愿意奉献我绝无仅有的身体，只要一场空前的绝恋。尽管我伪装得若无其事，但我还是对爱情产生了期盼，如果我们不小心走散，希望有一天遇见，凭借气味就能把对方受伤的头颅揉进自己的臂弯。

因为它的出现，我开始怨恨春短，我想从此在我们的网中央定居，不再四处游猎。春天，我就在花树边结网，吐丝让风编一串花帘。冬天，我就在网上给它织一串蓬松的丝线，就像一棵白色的圣诞树，它比天鹅的绒毛还要软，比冬天的火炉还要暖，让我们的房子看去就像门外长着几棵雪松的小屋。趁它出其不意时，我再用丝包一只蝇献给它，在我找不到蝇时便以小石块代之，想到这儿我不禁笑了起来，就像交尾后一样通体畅快。

我给了它一只我捡来的干裂到一眼能瞥见果肉的柞树果。简单整成复杂，从来都不是我的需要。我做好了计划，我甚至有些懂礼貌，在它取食时匆忙而果断地与之交配。它吃完了，便定定地看了我一眼，红口白牙试图将我吞下，我一个趔趄，后退一步滚下了悬崖。当然没摔死，一个丝线抛下就牢牢将我托住了。不过好险，虎口逃生捡回一命。但为了再一次交尾，我甘愿死之而后快，就像对自己甜蜜的复仇。别说交尾了，就是进食，哪次不是埋藏着伏击？我在对一只苍蝇下手的时候，暗中观察的蜥蜴也许在责怪我抢了它的零食，它不惜截断尾巴也要跳出来找我拼命，直到我抱作一团假死。我的本领很多，缠绕、束缚、捆绑、叮咬、麻痹，必要时兼而用之。每天在高处行走，早已树立了风险意识。当然，我不会止步探视危险。

在自然界中，为了补充体力和繁衍后代，我必须只付出百分之十的感情，才能避免百分百的分心，交尾过后，迅速抽离。我何尝不明白，世间万物生起，纷纷攘攘，都只因了心动。沉迷其中只会付出葬身的代价。虽然上天让我生了八只眼，基于屡次侥幸逃生的经历，我不再凭借视觉作出判断。

这世界千奇百怪，水里游的，地上走的，天上飞的，人什么没见过？却数我们面目可憎，让人徒生嫌隙。极少有人关注到我们的存在恰是反映了生态链的完整和平衡。而今我气数将尽，世界还如平常。

耳边忽然传来一首歌谣，"小小诸葛亮，独坐军中帐。摆下八卦阵，专捉飞来将"，那仿佛是我唯一的功德似的。

设一面之网，物触而后诛之，故名"蜘蛛"。没错，我是一只雄性圆蛛。节肢动物门史会有我辉煌的一笔吗？说着我吃吃笑了一下。在人主导的世界，就算被奉为纺织大师那又怎样？

乡村动物之
家鸡

　　鸡是人们熟悉的动物，每天都要打鸣。勤劳的人常形容自己睡得比鸡少是有道理的，不然怎会有闻鸡起舞的典故？古人早就给它的称谓下了定义，又鸟，但没见过这么大只鸟，最后还是把字眼合在一起写成了鸡。公鸡简直就是不用上发条的报时器，天一亮就准时报晓，凌晨三点就开始练嗓子。还是半夜三更，人们把觉睡得沉了又沉，鸡的打鸣声就像是幻梦里的内容。公鸡一晚上打鸣好几次，其他的鸡自然睡觉也少了。

　　鸡鸣日出，鬼魅邪祟遁走潜消。早晨起来的人说起昨晚听到外面什么动静，黑天半夜也不知是几点，就模模糊糊以鸡叫头次或二次来分辨时间。听得人心里一阵惶恐，想起自己在睡得死沉时外面却发生着不为人知的动静，不知他说的是现实还是梦中的情形。

鸡晚上不用睡觉的吗？还是会睡觉的，也会把眼睛闭上，只是你去看时见它睁着眼，警惕地看着你要闹出什么不利于它的动静。它睡觉的地点也不讲究，不像人一样要求四平八稳，一块横梁就能让它好好蹲睡一晚。白日晃晃也会晒得它想打盹儿，眼睛似闭不闭。有的鸡还练就了一只脚站着睡觉的本事，你一惊，咦，脚呢？原来另一只脚向上蜷着藏了起来。鸡不仅晚上打鸣，白天也会分时段打鸣。雄鸡伸长脖子，找个像样的地方，一声"噶勾勾喔"，十里八村沉敛的空气都被激活了，公鸡的打鸣声此起彼伏，就像各村之间的接力练嗓。那一声"喔"的后面带了悠长的尾音，村庄万物都恍恍惚惚为之动摇，人喊破喉咙也不及它的穿透力。最后叫得它脖子都弯了，这么透彻地叫一嗓子，忽然就来劲了，小范围地跑起来。它的时间观念一向明确，该是向主人领取嘉奖的时候了。

撒一把食，别管它在什么地方都会飞跑过来，将地上的食啄个干干净净，颗粒不剩。它大概没有牙齿，直接就吞下去了，稍大的玉米一次只啄食一粒，但频率很快，就像不停地点头称赞。人将它的食撒在柔软的泥地上，它会连同砂石一起吃进去帮助自己消化。

它吃饱了就去喝水，喝水的地方是一个石钵，尖利的喙在水面轻啄两下，抿一抿嘴，再继续喝，"今天的食真干啊"。另一只鸡也去喝水，咯咯咯地回答，"对，还有点硌牙"。

同属灵性动物，鸡也有七情六欲。食吃完了，忙不迭地就朝有母鸡的地方走去，很有仪式感地转一个圈，猝不及防地压了上去，喙紧紧衔住母鸡的头冠，母鸡挣扎着，抖落好几片漂亮的羽毛。有时候吃着食，两只公鸡不知为了食还是配偶就打起来了。人见了就喊，快来看啊，快来看啊，人比鸡还斗志昂扬。两只公鸡怒发冲冠，跳着脚打起来，斗得头破血流，完全没把人放在眼里。公鸡打架时间短的只有三两分钟，相当于挑衅。长的能持续半个多钟头，互相都不妥协。怕它们受伤惨重，人就把它们支开了。结果换个场地它们还在对打，唉，当人的哪懂得了鸡的恩怨。看腻了也不知道它们什么时候就停下来了。

母鸡就不打架吗？怎么可能不呢，有时候为了一顿荤食大餐——一条毛毛虫，那不也是进行着别开生面的拔河比赛？只是母鸡之间的醋意居多，加上性情比较温柔，短而粗的喙在头上猛啄一口，疼得对方惨叫一声算是警告，没有打得不可开交罢了。

鸡也有休闲的时候，站着或蹲着享受日光浴，松开翅膀在墙根下拍打着，或在房前屋后踱步唱歌，就是把"咯咯咯"的声音拉得老长，显出人一样的百无聊赖。它们喜欢集体去一个地方，去草地里啄食草叶或草穗上的飞虫，也喜欢特立独行撇下同伴四处翻找，用爪子对着一堆腐叶抓呀抓。它并不是对所有爬虫都战无不胜，百毒不侵。在草丛里难免发现一条大虫——蛇，它的经验不能判断似的，紧张地竖起羽毛，从喉管底部发出震动，同伴闻风而来，忍不住好奇又隔着一点距离，咦，这是什么玩意儿？真是骇人听闻啊。长虫见四面围堵着雄鸡，按兵不动保持着绝对冷静，一旦动弹被认为是挑衅或攻击，被鸡的喙不分青红皂白地啄上一口还不是吃不了兜着走。僵持不下，一方稍有松懈，这时候鸡与长虫算是打了个平手。

它们的羽毛还是毛多羽少，不像自己的近亲——鸭子，能在水面自由漂浮。下雨的时候就真正成了落汤鸡，往往是一场倾泻而下的骤雨，它们在骤雨中奔跑，去墙根下或大树下避雨。淋湿了就把雨水一刻不停地筛下来，像人的两手拍打着，这什么鬼天气——说下雨就下雨。这不够，还要勾着脖子把喙伸进羽毛深处认真仔细地梳理，让自己尽可能恢复光彩照人的样子。鸡群都在忙着梳妆打扮，最大的那只雄鸡却呆若木鸡地站在屋檐下，拖着长长的尾羽。平时它都是趾高气扬的样子，一副"头上红冠不用裁，一叫千门万户开"之势，仿若鹤立鸡群，鸡群里所有的鸡都把它看在眼里。此刻望着雨中景物皆成虚幻，竟有种英雄迟暮的感觉。鸡虽然有羽毛，但不会游泳，理所应当怕水，但似乎不怕冷，一年四季都赤着一双脚，敢在雪地里穿行。下了一夜大雪，第二天人还没起来，地上就踩下了大大小小鸡的脚印，跟藤条抽芽似的。

一只黑色的母鸡生了一窝蛋就赖着不动了，它不是偷懒，而是身负壮大鸡群的使命。别的鸡从四面八方跳出来啄食，它待在窝里不为所动，这点自律或许超越了人。任它什么时刻，什么季节，眼帘下是刮风还是飘雪。除了孵化小鸡的过程，恐怕没有什么能让一只母鸡静下心来做一件事。

一个多月后的一天，只听见鸡窝里有几声嫩声嫩气的叫声，比小鸟的声音还细。两只嫩黄的小鸡就露出来了，母鸡便出现了急促的"咯咯咯"的叫声，让小鸡注意安全，类似人的喋喋不休。直到所有的小鸡破壳而出，一只母鸡便很快具有了责任感。

母鸡炸窝似的飞出来，向主人讨要一些食来，主人见它半天没吃没喝，狠狠撒下一把米。它吃两口就想起鸡窝里的孩子来了，"咯咯咯"地叫着，想借主人的手把自己的孩子一个个捉下来。嫩黄的小鸡，绒球似的落在地上，还站立不稳呢，顿一下，才能蓄力走几步。母鸡急切地等待着，召唤着，把米粒啄碎，给了其中一只小鸡，其他小鸡围上来也等着啄碎的米粒。直到它们对米粒熟视无睹，母鸡才带着它们去石钵那里找水喝，像人喝汤那样，母鸡轻轻嗫了两口，小鸡们一一效仿。

天寒或下雨，母鸡就在墙根下找个地方蹲下了。母鸡把翅膀松开，形成一个保护伞，小鸡就躲在里面，挤挤攘攘才暖和呢。不断有小鸡在羽翼下钻来钻去，寻找最舒适的角落。有的鸡崽不老实，既贪恋母鸡温暖的怀抱，又迷恋外边的世界，就从母鸡翅膀底下拱出一条缝隙，只探出脑袋，那滴溜溜的眼珠跟调皮的孩子一样。母鸡就会发出"咕咕咕"的声音，类似一种安抚，等它们都少安毋躁了，母鸡自己的眼睛也快合上了，眼珠明显转得慢了许多，眼睛闭了又闭，只听见小鸡"唧唧唧"地哼着只有母鸡能听懂的絮语。

人防止小鸡刚出生被糟蹋，在恶劣的天气，需要把母鸡罩一段时间，只给竹罩留下拳头大小的缝隙，小鸡可以从缝隙自由来去，但心中的依恋基本上让它们画地为牢不会走远。有时候母鸡在墙根下蹲着，调皮的小鸡就爬到了母鸡滑溜的羽被上，想在上面睡一觉才好呢，但只站了一溜烟的工夫就一头栽下来了，好几只小鸡跟随，母鸡的背上就变成热闹的滑梯了。

　　打架再厉害的雄鸡也不会欺负刚出生的雏鸡或力量相当悬殊的同伴，也从不与雏鸡争食。它们通常都像将领一样，统率着整个家族，因为高大威猛，站高望远，自动担起了站岗放哨的职责。鸡群有很多天敌，地上走的，天上飞的，它们依赖人类给它们的庇护得一方鸡舍。

　　浩渺高空来了一只鹰，盘旋飞向了低处。最大的公鸡首先发现了动静，紧接着发出震动脖子的一声——"咕"，给鸡群拉响了第一声警报。这时鸡群散落在四周各地啄食，或是踱着方步，听见雄鸡不同寻常的警报都停了下来，有的正要迈开脚走路，那只脚悬空也不敢随意踏下来了，就像被静止了一般，一动不动地保持着警惕，只有眼神透出惶恐的流光。母鸡跟报警的雄鸡一样挺直脖子观察着四周的动静，最高的雄鸡看见了老鹰飞旋的影子，它站在鸡群中间发出好几声拖长的"咕——"

　　鸡群貌似也看见一条黑影掠过去，慌忙找隐蔽的地方躲起来。公鸡脖子上的毛羽突然绽开，姿态张立，保持随时应战的样子，有的公鸡开始像人一样发出大声的紧急的呼喊来给自己壮胆。

　　母鸡连忙把小鸡用翅膀罩了起来，但小鸡实在太多，照应不过来，就暴露在了鹰眼下。老鹰连飞带滚来到鸡群身边，两扇翅膀像一把打开的黑伞，霎时盖住了要捕获的猎物。一只落单的小鸡就要被黑伞掳走，母鸡发出惊恐的尖叫，张开翅膀与来到地上的老鹰殊死搏斗。母鸡不在意自己的力量是否悬殊，它的爪子有种脚踩大地的钝感，完全不及鹰爪那高空无可阻挡的尖利。只要它稍一松懈，老鹰就一定会得逞。等它激烈地抵抗了一阵子，主人发现了老鹰，口里发出号令般的声音将它赶走了。母鸡迎了过去，那只惊慌的小鸡飞奔回了鸡群。也有不幸运的时候，半大的鸡也能被老鹰一顿地的工夫抓走，就此消失在茫茫天际里。人见过那情形，便用"老鹰抓小鸡"来加以戏谑的口吻形容一个事物转瞬即逝。

　　家里养了这样一群鸡，我和弟弟便当了它们的主人。弟弟还不懂得珍惜人的粮食，抢着给它们撒食。长此以往，见到弟弟，它们就合群飞扑过来，它们一定在想，这家伙来了，我们可有得吃了。弟弟还小，不及半人高，所以母鸡都不怕他，轻易地从他碗里啄食。忽然就会被一只鸡抢去弟弟正在吃的一块肉，一片将要送进嘴的青菜，一块正吃着的锅巴。沾了人类油盐的食粮，它们吃得更带劲了。就算及时截住，鸡衔过一嘴，那肉或青菜还有一大块锅巴又掉到地上去了一回，你只能眼睁睁看着它被一时轰走又绕回来啄了个痛快。有时还有过分的，公鸡跳过去直接将他手里整个碗都打翻了，眼见他委屈得就要哭了，被大人连声呵斥眼泪又止住了。大人们呵斥弟弟要站得远一点，打翻你碗里的饭菜还好，万一它当你的眼珠是粒豆呢？

弟弟把它们当一个个的人看待，给它们从大到小列了顺序。一只公鸡因为毛色油亮棕红，打架为王，由它称霸鸡群，就叫它大油公鸡。一只黄红色，毛羽就像跳动的火焰，就叫它二黄公鸡，个头与油公鸡差不多，但打架稍逊一筹。其他的依体型大小逐次排列，最小的那个即便小如逗号，依然有家族占位。

弟弟每天勤力给食，让鸡群逐渐扩大，到了鼎盛期却是衰落时。这家的姑嫂生了病，那家的堂姐生了娃，母亲就把下蛋母鸡捉一只送去，还要把鸡蛋再拣上十几二十只。直接削弱了鸡群的后生力量，让鸡的数量骤然下降。到了冬天忽然来了一场绝杀——鸡瘟。那比拿鸡送人悲伤多了。当礼物送人，人的感情得到了流动，心底保有了温情。而鸡瘟就像悄无声息的战役，或潜伏于黑夜的杀手，让村庄片羽不留。鸡瘟大概类似于人的感冒，人从中得出一条经验，竖着脖子给它们灌药——感冒药。有的还真挺过来了，再把它抓进暗无天日的笼子里待一段时间，不让它混迹鸡群才得以保命。

我在门槛底下踩死过一只鸡，我光顾着扒饭粒，没顾上脚下的鸡，忽然脚一蹬去，发现它不动了，我就流泪了，觉得自己不可饶恕。那是一只半大的鸡，来人间一趟还看不出是公鸡还是母鸡。我为什么不先低头看看啊？好像因着什么逢年过节的理由杀死它才叫名正言顺，才叫不算枉死，而被我踩死只能叫惨死。我把它埋在了上学经过的路上——一片竹林的边上，每当路过时，我告诉自己那里埋葬着一只因我而死的鸡。我跑过去看了看，有时候风吹得我垂泪。有一天放学晚了经过那里时，我忽然害怕起来，觉得自己枉费了一条生命，竹林看去就更幽更黑了。

我宁愿以后不吃鸡肉。但每每立下的誓言就被自己无端地终结。譬如过年的时候，大人宰了几只鸡，他们流露出面对劳动果实般的坦然和自豪，我却在一旁忍着一种无法张扬的情绪。当与满桌菜肴混合其中，我不也是同样吃得津津有味？看来我正变得跟他们一样麻木。我对他们说，只要不杀鸡，我就可以不吃鸡肉。

有段时间鸡群只剩下了一只鸡，没有了鸡群裹挟，它连睡觉都不会发出热来了。我把它放在了竹编的小篓里，垫上了棉花，它睡迷糊了，以为自己还在母鸡的怀抱下，半闭着眼睛发出蛐蛐一样的叫声。后来那只鸡也无声地追寻自己的家族去了。

有长生不老的鸡吗？其大多一生都命途多舛。雄鸡养了几年，那微不足道的脸颊两边就垂下了两片舌头一样的东西，就像人长了胡须，有时候它模样呆呆的，大概在想该选谁当自己的继承人。

鸡如此聪慧，却还是被人骗去生蛋。蛋被人拿走了，鸡发现自己的蛋不见了，就会找自以为更安全的地方生蛋。人把蛋吃了，用两半蛋壳儿一拼，把一个"鸡蛋"扔进了鸡窝。鸡的眼睛小，视野面积不宽，发现不了这是有缝的蛋，毅然决然地蹲了上去，不知自己源源不断生的蛋早已上了人的餐桌。它每天生一个蛋，第二天鸡窝还是只有一个蛋，它大概率是目不识数。

家鸡有翅膀也不会远走高飞。那是八月，各家秋收了稻谷，稻田里散落些谷粒，鸡群吃饱了回来，一溜走在了田埂上，那一幕让人心头一暖，又有点忍俊不禁，只见七八只鸡成群列队走在回家的路上，就像男女老少归来。它们不仅有精准的时间观念，还有强烈的家庭观念，天色一晚，它们心里就装着回家这件事。

鸡的时间观念很强，但人不能太依靠它，因为有时候叫醒它的可能是月光。

天还不亮，冬日远行的凌晨见鸡群在屋坪中间站成一团，挤挤挨挨地簇拥在一起，抗击严寒锁住体温似的等待着黎明划破黑暗。人见此一幕暗暗为之动容，一群鸡居然在影响着人的思想观念。

　　有了鸡群，人在夜里就有了颠扑不灭的幻梦，早上起来也随之有了谈话的内容。昨夜外面好像起了什么动静，那是鸡叫二回的时候……

　　原来鸡的江湖，就是人的江湖呀。

阿哞

　　以前我父亲给家里出了一道难题，从家族叫四姑的人家里买回来一头水牛。这头牛见牛打牛，见人打人，就是体格弱一点的大人都完全不敢靠近，但碍于情面又不能给人家还回去。买回来谁守它呢？事实证明，只有我姐姐能守它，因为她脾气比牛还倔。

　　牛走在路上本想作祟，姐姐咬牙切齿一声吼，大水牛就乖乖把脖子缩回地面吃草。这头牛体格也太大了，比一般的水牛都要大，铁色的毛发，头上一对弯角，眼神不怒自威，据说是从生产队一直活到现在。大概是经历的人和事多了，也辗转了好几户人家，它早就宠辱不惊了，完全不把人放在眼里。

这头牛威名在外，打架从来就没输过，过了这些年还是宝刀未老，十里八乡的无冕之王。一般的牛都没有跟它比试的机会，看它一眼就识趣地避开了。它吃草也不含糊，一嘴下去，有斩草除根的架势，切割的面积很宽，看来牙口也好。就是吃着草猛一扭头打蚊蝇都充满了虎气，好像在说，让开，莫打扰俺老牛吃草！

我们一见到它，就慌忙告诉自己，牛魔王来了，恨不得有四条腿逃跑给它让道。它脾气比一般的牛倔犟，一般的男人降不住它，根本没办法指挥它耕田，哪还能让它为人民服务。这牛年龄也不小了，就当是养着给它过老吧。它的体重也比一般的牛重，所以守着它要格外小心，走在路上轻易就把路压垮了。走在田埂上，轻易就把人家的田埂踩变形了。都不用去侦查，一看就知道是它做的好事，那守牛的主人就要替它背一回锅。它反正听不懂那么多人话，人家爱骂谁骂谁。每天它只管把肚皮撑得滚圆，不打架惹事就算万事大吉了。

有时走在一条不熟悉的路上，中间突然出现一段路太窄，人就想，这下完了。它也紧张起来，路面搁不下自己的四只牛蹄，也不能后退，就是往后退也需要回转的余地啊。眼看道路踩得稀烂，牛身还过不去，情急之下它两只前蹄慌忙走下了田。凭它的体型，一口气就踩坏了几十株秧苗，没在田里滚个坑都算好的。见它糟蹋着秧苗，实在不忍直视，人心也灰了半截，到了破罐破摔的地步，就让它怎么折腾怎么来吧，唉，就没见过这么笨重的牛！

它以前的主人来探亲时也会过来看一眼它，老人露出温和的笑容，像看自己的孩子一般。它对她斜睨了一眼，好像不屑地说，哼，别装模作样了，把我卖了当我不知道呢。它猛一回头就像打蚊蝇一般，嘴里发出呼的一声，要跟那主人撒气呢。老主人对牛说，你是认出我了吗？好好给人家耕田，明年再给人家生个大水沙，接替你的班！那个主人说完转身就走了，它好像领会了意思似的对她痴望一眼。

论对主人贡献的成效，母牛能不断地生牛崽，大多人家里养的都是水沙，不是水牯。这头水牛不知道生过多少牛崽了，牛崽又生了小崽，按人的辈分来看，它早就当上外婆了。母牛只要长到两三岁就能生牛崽，那它岂止是外婆，简直是十里八乡牛的祖宗。难怪它牛劲十足，牛气冲天，它可不是送春牛人手中那张软塌塌纸符上的牛，牧童吹着短笛，悠然骑在牛背上的图景。哪个活物与它迎面走来就要被它顶个包，挂个彩。就是站在它身后都要小心，一旦尥蹶子让它一只后蹄踢一下都招架不住。

那天，天色已暗，它晃悠悠地吃饱回来，在屋侧拐角处，邻居老毛和外孙走来了。见到小孩朝牛走来，姐姐大喊，快回去，牛来了，牛打人的！说时迟那时快，那孩子才七八岁，远不知这牛的威力，蹦跳着就来到了牛跟前。也许这蹦跳的动作在牛看来是种奇怪的挑衅，母牛哪受得了这般示威，一股脑儿就给他顶在了一边的篱墙上，直接挂了彩。那孩子吓得哭不出声了，老毛弓着腰，手里端一只小茶盘，上面立一块肉，插着一双筷子，这是晚饭前去敬土地神呢。这下老毛慌了神，急得团团转，把茶盘扔了不是，去招呼外孙也不是。这边人把牛赶开，关进了牛圈。见那孩子额头粘着黏糊糊的血，那头人安抚着孩子，去找止血草。母亲随手抓来一朵苦蒿，揉碎了敷在孩子伤口处。

出了这事，我父亲晚上专门去老毛家走了一趟，提着礼品和罐头赔礼道歉去了，说是去看看孩子的伤情。毕竟牛是他牵头领回来的，他有责任。我母亲说，这牛留着是个祸害，哪天要打死打伤人怎么办？你不守一天牛，就把牛买回来，也不跟我们商量一下就自作主张。父亲有苦衷，原来是那家姑爷，早年对自己有恩，还常常不忘鞭策自己，现在人家养不动牛了，自己总要回馈点什么，就续养了他家的牛。

老毛一家看在我父亲去道歉的份上，就原谅了那头牛。老毛还怪自己没看好孩子，那天愣是让他穿了件大红衣服。小孩身高矮，庆幸牛角没顶到他肚皮，也没伤着他眼睛，不过好险，只差了几厘米，牛角可没长眼。牛把大人的肚子挑开，肠子露出来这种事也不是没听过。那孩子从此脸上就多了一道月牙弯，同龄小伙伴还嘲笑他像包大人，他就反驳说自己的疤在眼角，包大人的印在额头正中间。

那头牛的野性从此就收了吗？它当然不会因为顶个人就回头来乖乖做牛。好端端吃着草，来到一处草坡下，它忽然就发疯似的用头顶那道土坎，黄泥扬沙一样纷纷落下，土坯和草叶在牛头上落了一层又一层，它非得把那地界再掀起一层才罢休，大概它想不明白，为什么自己是头牛啊？它顶着黄泥，就像一头史前生物破土而出，眼皮上还覆着草叶就头也不回地走了。你还得赶紧跟上去，怕它凭着牛劲又要到别处使坏。

牛再笨重，千斤之躯也能泅水。漂浮在水面上，游到河中央，一只鸟儿就顺势停在了牛背上，当它的背是片凸在河面的小岛呢。走在林子里，也有蜻蜓当它脊背是块干泥，在它肩膀上歇息，有时候鸟儿还给它贡献了免费的肥料，它也不在意。

它大概不爱干净，刚从河里洗得毛发根根竖直，清晰看得见纹路，转眼就扎进了河坝上的泥水荡，四仰八叉翻滚，一会儿像个泥牛一样出来了。它倒是舒爽，既阻挡了阳光，还能防蚊虫叮咬。这时见到它有多远就离多远吧，要不然沾满泥的尾巴悠过来一条弧线就有得看了。

姐姐说，我总不能就跟牛共度余生吧，因为更高的理想，姐姐离开了村庄。姐姐不守她，那就哥哥守吧。哥哥是个贪懒的家伙，牛在田垄上吃草，哥哥人在离牛最近的邻居家待着，他才不跟在牛屁股后面呢！他就好像有双千里眼似的远远盯着牛，只要它偷吃嘴，吃了秧苗和人家地里的青菜，哥哥就拿块石头当飞镖扔它，还要对它喊道，再偷吃打烂你的嘴。牛回来后，耸动着宽厚的脊背，只见被石头铲掉好几块皮，露出鲜红的血肉。它做了坏事是自知的，眼神怯怯的，身子虽然笨重点，但样子躲躲闪闪。趁人不注意，它才衔了一口秧苗，装作没事一样蒙混过去，就像小孩被大人阻止吃糖坏牙一样。

母亲说，你不能作死地打牛啊！当牛做马都是不容易的，为什么人总说下辈子当牛做马也要报答恩人啊？牛都是上辈子欠了债，这辈子来报恩的。

哥哥没再打牛了，但他就不贪懒了吗？早上太阳把牛圈都晒穿了，哥哥还没从床上爬起来。牛就在圈里头撞脚踢，震得栏杆丁零当嘟响。哥哥懒洋洋来到牛圈外，牛站在圈门边扫了一眼他，心想，又是这个尿货来放我，要把我饿成皮包骨才善罢甘休吗？

哥哥从不牵引它，让牛自行规划吃草路线。牛不知道什么地方该去，什么地方不该去，也不知道人暗中给它划分的边界线。只是通过人的面部表情和夸张的动作认识到，哦，这里不能去，这么做会让人恼怒。比如吃了秧苗和油菜，那就是触犯了人的底线，会挨训挨鞭子被扔石子。

只是这一天到晚跟牛打交道也太枯燥了，不知哥哥是学了春牛图上骑牛的牧童还是电视里的人，趁着母牛吃饱了走得慢，他居然一屁股骑在了牛背上。哥哥想，牛走，他也走，骑在牛背上晃悠悠。这头牛哪管哥哥怎么想的，这辈子哪受过人欺，更何况被人骑？牛意识到背上有人，铆足了劲屈辱一般昂头跑起来，要把背上黏附着的人甩开。牛的冲劲太足了，"哗"地一下，哥哥就从牛背上滚下来了，摔在了路坎下别人家的菜地里。这一幕被母亲真真切切看在眼里，也没管哥哥摔下来怎么样，母亲先骂开了，悖时砍脑壳的你不要命了？等你回来我要剥你的皮！这牛是人能骑的？你以为它是辆摩托车说骑就骑啊？

不知哥哥正奄奄一息还是为逃避咒骂潜伏在这里，幸好早一点摔下来了，要是晚一点掉在石坡上，那上面可没有菜地里的黄泥那么柔软，哥哥心里想的大概是这辈子再也不骑牛了。

把牛放在一个青草茂盛的地方，它低头吃两口草就无心光顾了，衔一口青草不动，尽管让脖子探直，目光平视着前方，大耳朵跟两片干枇杷树叶一样支棱，静止不动地听了会儿，忽然耳朵一闪，往前跑一段，再到泥地上转几圈，鼻子里就发出哞哞的叫声来，跟寻找同伴似的。这头牛怕是孤单得太久了，应该到牛群中去了，也许它是有什么话要对同伴讲，跟人讲还不是对牛弹琴。

母牛这回换了交往规则，没再把同伴们赶走。它耸耸肩，吸吸鼻子，到这头牛跟前凑凑，去那头牛身上嗅嗅，好像在看谁跟自己臭味相投。它最终挑选了一只体型硕大的公牛，允许它在自己附近的草场吃草，还不停地围着对方打转，发出"哄俺"——的叫声。趁对方没走开，它像摔角比赛一样把对方摔了过去。我们不禁同情起跟母牛处对象的公牛来，一不小心就找了个最野蛮的女朋友。

冬天的一天早上，母牛忽然倒下了，每次见它都在圈里站着，露出渴望自由的眼神。疑惑间走近一看，母牛身边突然多了一头牛崽！昨夜，它悄悄生下来一头幼崽。见到人来，小牛颤巍巍站了起来，可能是初生牛犊不怕虎。母亲高兴地说，四姑说得没错，真生了一头小水沙。站了几分钟小牛崽就无力地跪下去了，母牛从头到脚给它的幼崽舔舐濡湿的毛发，对着幼崽时不时鼻子里发出"哞俺"的声音，见人对它的幼崽没有什么妨害就适当地放松了些警惕。刚出生的小牛很干净，全身没有一处脏污，跟人一样，有一对深黑的眸子，浅灰色毛发微微泛黄，眼睫毛下的余光有些无辜。

小牛饿了喝牛乳，那母牛吃什么呢？总不能还啃那些干稻草吧。母亲把家里的木盆拖出来，泡发了半盆黄豆，泡得鼓胀发亮再给牛吃。一年到头它哪吃过几回黄豆，舔着嘴角溢着泡沫就吃完了，还要站着咀嚼反刍一阵，跟回味似的。从圈外的路上经过，见它站在圈里，一动不动地站着。有时候眼神跟着人影从这头飘向那头，好像在说，昨天那东西味道不错。

母牛吃了黄豆，小牛也会有奶喝。但这是限量提供的，每天只吃一次。让一头牛失望，却没有相通的语言来安慰。转眼落了一场雪，雪花把牛圈覆盖成白色了，盖住了地上本就稀疏的草茎。我和弟弟去屋后竹林里砍了些楠竹叶，一大蓬拖到牛跟前，牛上前走几步，来到圈门边就愉快地吃了起来。隔着牛圈才敢跟它开玩笑似的说，过年了吧？这是手握着冰棱子才弄下来的。即使它津津有味地吃竹叶也不能离它太近，万一它把脑袋趄出来，顶你一角就有受的了。这牛如果是个人，恐怕在现实生活里没朋友，因为树敌太多。它只对一种牛友好——自己的孩子。

天气稍微好点，把牛赶出来喝水，喝完水一仰脖子，母牛慌乱地哞哞叫着，它找不到自己的孩子了。小牛望着什么出了神，一团树影遮住了它。听见叫声，小牛就哞哞回应着，撒欢跑过来。这就是母女间的日常对话吧，只是牛的发音不多，要不是引起巨大的情绪共鸣或恐惧才发出声音，一般都是沉默寡言。

哥哥说，跟在牛屁股后面能有什么出息？我要出去闯世界！哥哥打点好行装就走了，再没人守这头母牛了。小牛越来越大，母牛越来越老，这圈里也住不下两头牛了。这母牛虽然犟了点，但也是辛劳了一辈子，必须给它找到一个像模像样的主人，让它像人一样终老。

不远处一家男主人原本养着几头黄牛，正想换水牛来养，想在第二年也给家里添个小牛崽。他不放牛的时候，就拿一把老太太常用的折扇反串唱戏。人家的牛生了牛蜱，顶多在牛身上用铁刮子刮两下，他跟在牛后面，经常用手把牛蜱捉下来，还要一边不嫌弃地跟牛说话，问牛舒不舒服。这样的人家能亏待得了母牛吗？

母牛那天被牵出了牛圈，它犟着鼻子发出"哞俺"的声音，人牵着它的绳子被拉得笔直，它一辈子都没逃脱过这一根缰绳。它回望一眼牛圈，自己的小牛就在那里呐！小牛呆呆地站在牛圈旁，仰望着母牛，它不知道母牛要被牵去哪里。让小牛意识到分离是连续两天晚上也没见母牛回来，小牛在夜里忍不住叫起来，它是想起母牛了。有母牛在身旁，它才能得到无可替代的庇护。听它连夜叫着，何其残忍，不如和那家新主人约个时间，让它们母女见见面吧。那家新主人也是有心人，说母牛也在夜里同样呼唤着小牛，大概它以为小牛也会跟自己过来。

那天在两家中间的坪坝里，小牛以为只是主人把自己赶去了一个新的地方吃草，吃着吃着，猛一抬头，看见一个熟悉的黑影子，它呆呆地望了一眼，那就是自己的妈妈啊，它撒开蹄子奔了过去，在母牛的身边停了下来，围着母牛转着，嗅着母牛身上的气息。母牛停止了吃草，也围着小牛转着，哞哞地叫着。母牛一点没瘦，还是铁色的毛发，不怒自威的眼神。小牛知道母牛还活着，只是去了新的主人家里，夜里便没有再叫唤了。小牛很快就以"大女儿"的身份接替了母牛的衣钵，耕田耕地都不在话下了。农忙时节牛格外辛苦一些，家里就不让它出去觅草了，往往由人割了一捆芭茅草给它吃。芭茅草很锋利，它细致温和地拔出几根，一天下来肚子也吃得滚圆。它的毛发长成了铁灰色，发梢带了一层微黄，让它看上去充满了阳光。它比母牛要温顺一些，长得却越来越像母牛了，它成了十里八村最漂亮的一头牛。

守这头小牛变成了我和弟弟的任务。每次把牛关进圈里，弟弟半天不现身，像个啄木鸟一样笃笃笃地在牛圈上敲个不停。母亲问它，你不来吃饭，你在敲什么呢？弟弟是在敲牛圈上的门栓呢。这门栓也太简陋了，只能拦住牛，但拦不了人。原来弟弟担心这牛长得太漂亮有人打它的主意，就把门栓打得紧一些，再紧一些。

弟弟敲完了门栓还要从草垛上扯来一捆干草放在圈门边，再给牛圈里铺撒一层当床垫，让牛晚上睡得暖和点。它有时候不领情，见它在牛圈里躺了下来，就给它身上也盖一些干草，相当于盖层被子，它一骨碌就爬起来了，不解风情地望着外面，人和牛之间再紧密也隔着千差万别的距离。

一天，母亲拿来一根比毛衣针还粗的金属，一头还连接了一段绳子，说要给牛鼻子牵鼻绳。鼻子上系一根绳子，这得多难受啊，平白无故多了束缚，有了这绳子，从此就不再是无拘无束的牛了。想说服大人，但找不到破解之法，不牵鼻子，它撒开蹄子跑起来，谁能管得住它？踏坏了人家的庄稼，牛角顶了人家，那就是九头牛也赔不起啊。最终小牛在两个人的合力下才穿上了鼻绳，吃草的时候，就感觉这绳子阻挡了它一部分呼吸，限制了它的身体自由。但它始终是一头意气风发的牛，走过了方圆十里很多地方，高山上，河坝里、田野间，跟同类伙伴留下了许多欢快活泼的瞬间。它是牛群中最有辨识度的一头牛，即使是冬天，也能把肚皮吃得浑圆，不像别的牛那样尾巴两边有一处凹陷，显得尾缩肚枯似的。它的性情没有杀伤力，弯弯的牛角向内，不会像母牛那样打个蚊蝇也气势汹汹。它甩着尾巴，连续几次也没能把蚊蝇打死一只半只，与蚊虫苍蝇都能和谐共处。也许它继承了它未曾谋面的父亲温和的基因。

小牛不再是一头小牛崽了，可我们还喜欢叫它小牛，毕竟它在人的年轮上比只能算个小孩。一天，它吃饱了，却迟迟不进圈里，一直在圈外徘徊，只好依了它。我刚回家扒拉两口饭，过来看它，见它躺进了草丛里，前蹄不对劲地跺着地，神色焦虑慌张地看向我。我知道，它是要生小小牛了，看它哀怨的眼神，那得多疼啊，肯定是痛苦在一波又一波地袭击着它。一会儿它站了起来，跟跄着围着自己转了两圈，铆足了劲，尾部开始下沉，一头小小的水牯牛露了出来。如果母牛还在这个圈里，那就是幸福的一家三代啊。小牛也许还记得母牛当初对自己的照顾，它把从母牛身上学到的都运用自如地对待小水牯牛。小水牯牛出生没多久就会自己找奶喝。这是水草丰茂的季节，无须再吃竹叶，但还是给小牛吃了泡发的黄豆，还给它拔了地里的青菜。

把它们放出去，小水牯牛一天比一天健壮，皮毛渐渐沾染了泥屑。小牛吃草，小水牯牛就亦步亦趋地跟在后面，发现离远了，又快步跟上去，与小牛当年跟着母牛一样。小水牯牛呆呆地望着四周，在自己视线平行的高度，它的舌头也会卷一根草尖儿在嘴里漫不经心地嚼着。看来这草尖儿味道不错，它又试着卷下一根。

弟弟喜欢给小牛梳毛，给它脊背挠痒，看看它们身体各处有没有长牛蜱。有时候想让它停下来或是见它自行在一棵树上蹭痒，就用一根细枝条给它挠一挠，小牛感激地停下来，一副享受的样子。要是冬天，青草一灭绝，新鲜的竹枝就要遭殃，弟弟砍了一大丛放在牛圈旁，然后拿了最茂盛的一枝，悬空递给牛吃，它就先吃人手中的，吃完了才用舌头卷圈门边放的。竹子下面的部分枝叶砍去也无妨，过几年竹子一旦开花就离干枯不远了，即使是竹竿也用处不大了。

春天，小牛在草地上低头觅草，带起一片飞虫从草叶上窜出。初夏雨季，它就在泥地上踩下一串深深的足迹，四周安静得就像一面无风的屏障。一直到了秋天，一个平淡无奇的清早，天刚蒙蒙亮，邻居二哥跑来对母亲说，婶婶，你家牛不见了！母亲心头一震，惊讶地坐起来，哎呀真的？二哥说，你起来看看就知道了。牛圈就像平常一样敞开了，小牛和小水牯牛不见了。昨夜有人打了主意将它们牵走了！乡邻早晨陆续起来听说我家牛不见了，就像一个熟识的重要的家庭成员不见了一样，大家都自告奋勇说今天什么也不干了，都帮忙去找牛，大家兵分几路，各自行动。

牛不见这事导致了全寨人大集合，大家前所未有地团结起来，有的去了公路上拦截，一部分人向山林最深处进发——找牛！

那头牛还拖着一个幼崽，兴许走不远，怕人及时发现，可能给它拴在哪个山坳里的树桩上也说不定呢，这会儿恐怕树桩周围的草都被吃光了。

我和弟弟分别去了人多的公路和人迹罕至的山坡，没人知道我们的心思，近似荒漠中找水源的焦虑。山坡上空荡荡的，除了树就是草，此时看去模糊得就像一个个色块。大家各自分开寻找，过去了大半天，也没发现牛，却发现了找牛的彼此。大家聚在一起讨论，偷牛的人很可能是个赌徒，每个地方总有那么一个两个好赌的，输钱了又找不到钱填窟窿，就四处偷鸡摸狗，否则一般人谁会打人家当家牛的主意，这都是杀千刀的干的。

找了一天连个牛脚迹都没见到，有人猜测，八成是偷去卖给别人做津市牛肉粉了！我的心一紧，就是我们不能养它，把它弄去养着也好啊，只要它活着。弟弟的担心是对的，难怪把牛栓子打得紧了又紧，可牛栓子拴得再结实，也难不倒人力的破坏。人成了心要做，就是把钢锁也难让牛逃此一劫啊。

至于那小水牯，丢到深山里长大也没人认得出来了。如果是在雪天，那牛的脚印一定留在某条路上。如果当初牛没有牵鼻绳，让它按人的计划行走会不会困难一点？然而，这是一个晴天的夜晚，一点风声都没有，牛总是沉默寡言，不到万不得已不会发出声。它是十里八村最好看的一头牛了，背上的毛发闪着金光，就像一片波动的太阳。只是它没同自己的母亲那样得以善终。

我再也不吃牛肉了，更别提牛肉粉了。走在路上遇到一丛嫩草，弟弟就会说，要是让牛吃了多好啊！

找牛那天晚上我回到房间。弟弟来敲门，他问我在里面干什么？我流着泪，屏住呼吸说我在写一首诗，它的名字叫阿哞，我要让它名垂千古。

Sui
yue
feng
hua

第

（貳）

章

你未看此花时，

此花与汝同归于寂

野
蔷
薇

　　山坡上总有一簇簇有别于青山的颜色映入眼帘，那就是野蔷薇，就像青山头上的发簪，让青山素朴的装扮悄然多了一丝华丽。即使走在田陌上，隔几步也有怒放的一丛，只见层层叠叠的花朵上，蜜蜂和小虫在上面活动，见到这动静结合的一幕，自然而然就停下了脚步。

　　人哪能像花一样想开放就开放，想凋谢就凋谢？多数时候，人都是怀揣着心事目不斜视地走过，也不敢凑近看那些花，因为它们都是大人口中不实用的东西，不能当油盐，也不能当饭。哪怕多看一眼，仿佛心底的秘密就会被洞穿，那脆弱的心脏就会不堪一击地碎裂。所以我一个人默默地欣赏，从内心里生出赞叹，孤独原来是这样的体会啊。久而久之，我享受着这份不为人知的孤独，把瞳孔放大，好装下那满山坡、满田埂的野花。

它有时候开白花，有时候开粉花，因为记不住哪一株开的白色，哪一株开的粉色，就觉得它们一会儿开白花，一会儿开粉花。就是同一株上的颜色也有浓有淡，浓淡相宜，淡的就像含水的粉，浓的就像水粉用得多了些。只有大自然的调色盘才能渲染，即使是人也很难制作出来。那花瓣，有时候是密密匝匝一圈，有时候是简简单单几瓣，轻轻柔柔的样子，手指甲一触，就羞涩地掉下一瓣。它的质地实在柔软，掉在沟里，就漂浮在水上，花瓣上还有一只小虫顺水推舟似的挣扎。

就是这样不知不觉间装扮了田陌和山野的花朵，开在了路边，即使闻到它的清香，也不被人注意，更无人谈起。如果生在了人管控的地盘，就要被毫不犹豫地铲去。所以它们都长在荆丛里，长在别人家的篱墙上，此刻留下它不为别的，因为它满身的刺可以阻挡外来者践踏园内的作物。它还是配拥有名字的，人们笼统地称它刺花。它把篱墙当支架一样攀附，吸引狂蜂浪蝶光顾，蜜蜂拎着两只淡黄色圆球，就像远途飞行的行李，途经它的花房也不肯歇息。最先听见的是那头晕目眩的嗡嗡声，那是蜂群迷醉的声音，带动花枝乱颤。没有什么比刺花的颜色和芳香更吸引蜜蜂了。刺花跟蜜蜂一样带刺，只是蜜蜂用生命在蜇人，人肿痛难忍之际，蜜蜂也将命不久矣，而刺花的刺勾住你不过是损失一根刺罢了。

人对刺花的印象只建立在它伤人于无形上。开花的同时，它的刺勾也无处不在诠释什么叫刚柔并济。轻则在皮肤上划下一道缝衣走线的针脚，重则让你的皮肤接连绽出几朵血珠。它的刺比它的花昭著，那绿绿的梗子上环生着动物爪牙般的倒刺，人们多数时候都是被它的刺所伤，刺尖儿一不留神就嵌进皮肉，索性到它身上拔下一根刺再挑皮肉里的刺。这时候的刺花就好比尘世中千锤百炼的女子，只可远观而不可亵玩焉，因为别人不怀好意的靠近，心生了一丝怨毒。因对它的爱慕，被它蜇一下也心甘情愿，一定是伸手摘花或拔它新发嫩枝的时候。肥嫩刺梗上的叶片似未睡醒的眉眼，还是紫紫红红，皱皱巴巴的样子，见到一根或两根生在密集的枝叶中间，奋勇拔来一根，从头至尾去皮，对着空旷山野，这青绿的嫩茎还是有一丝丝甜的。嫩茎上的刺突也是不搗手的，刺突变坚硬，刺梗就是含了木质的藤茎了。

它的藤茎很适宜扦插，在潮润的雨季过几日就能冒出几片指甲盖大小的叶片。雨季时的南方就像一张温床，大地之上透着黏腻，什么种子掉上去都会发芽，结果的结果，开花的开花。北方的城市里，也有五月的蔷薇，依着栏杆长在道路两侧，或生在楼宇中间，掩映着房屋的私密。藤茎植物在北方冬季相当于历经一次死去，步入春夏才满血复活，蔷薇的身姿就如妙龄女子，身着衣裙优雅明净，成为独处一隅的风景。蔷薇花是唯一可以在形色上变化就能变通为不同的处世姿态的植物，繁复的矜贵，简单的可爱，素色的清隽，缤纷的烂漫，焕发勃勃生机和原始的生命力，在钢筋水泥之中颇有些离经叛道和逃离的味道，一种未经驯化的气质。它的花瓣有好看的波浪形小齿，就像不规则的褶裙下摆。看久了，就有种身在南方的错觉。静静地矗立在跟前，闻到它芬芳的气息，便能拾起美好的记忆。

父亲喜欢种花，从外面带回了桃红色蔷薇花，就种在家门前的石坎上。父亲单手插兜，每日回家都要看自己种的花。一天见堂屋大桌上摆着一束奇异的花，这是什么花？他很是疑惑，竟从未见过。那是新生的竹枝，窸窣的样子，抽掉顶端上的竹节，露出细管，便插了许多带柄蔷薇花。找来酒瓶洗净，将花枝插瓶，花叶如此搭配好像也不违和，小孩打发无聊时的意趣罢了。

三岛由纪夫形容女子勾在男人的脖颈，像蔷薇花伏在花秆上。说明笔下的女人对男人，胜过了蔷薇花对花秆的信任。

北方城市一到五月空气中就有种馨香蜜甜，在蔷薇花烘托下浮动着恋爱般绵软与温暖交融的气氛。用相机拍下它们，想让它的美好长期留存，又为自己的企图占有心而羞愧，刻意地接近美好的事物或许是种邪恶的表现。描述一朵花的气味和形状，是一件很私密的小事。在心意相通的人前，才不会有突兀的羞耻感。我再也没有兴致掐一段嫩茎在嘴里嚼着了，只是看蜜蜂在花上辛勤采蜜，挥动的双腿依然携带了两个淡黄色小球，稍有停顿，仿佛在思考接下来的工序。

《小王子》里说：你一旦被驯化，就要冒着伤心落泪的危险。

人总是无可救药地逃避世上一切世俗的标签和定义，不喜欢一切标准和框架，但无时无刻不身陷囹圄，无法自拔。

野百合

以前的节日，都是去外婆家度过。回来时步履已有些疲沓，走在山边上，蓦然见一枝野百合，在暮色里尤其惹眼。因此不顾大人的阻挠，越过荆棘和荒草，兴冲冲地将它采来。也可能因为四周暗影重重，这野百合生长的地方同样令人惊心。只见长长的花杆，披针形的叶片顶端倒垂一朵白花。花蕊被风儿激荡，给花瓣染去点点橙黄。花闻起来有淡香，但气性却是独属于百合的浓烈。

一直觉得野百合的花冠形如留声机，都有一种复古意味。如果是在荒坡上，那荒坡上岂不是遗落了一部留声机？如果长在田埂边上，田埂边也会有人跟着留声机歌唱？这么想着，就生出了许多奇怪的幻想。它的花冠也像唢呐，鼓动着腮帮在别人家迎娶新嫁娘时奏响，但它的性情宁肯独自凋敝，也不喜喧哗骚动。人们大片地使用百合花做场景铺设，或许并不符合它先天的秉性。它通俗惯常的喻义，一般指地下的鳞状球茎，合抱成团，让富于联想的人们赋予它长长久久的期盼。重瓣百合花形似新嫁娘的婚纱，曳地裙边，微微翘卷，给人清纯繁复之感。它不会自行分株，把百合花下面的鳞球挖走，这里就不会再有百合花。据说吃了百合的球茎会长龅牙，乡村里流传的说法反而保护了野生百合花。

野百合就是花皇了吧，清高孤傲，并不需要陪衬。它的植株一般只开一朵花，最多两朵花，就像一对孪生姐妹，遥遥相望，二者可以并行不悖地生长。它多长在幽谷低地，虽然高高的头颅时常扬起，却绝不攀权附势。在沟涧溪旁，山崖石缝边，但凡人迹罕至的地方，就能看见它们伸着脖子孤单地眺望。越是身处危险的境地，越能释放坚韧不拔的能量。它的花筒有些巧妙地弯曲，隔绝了雨水，这符合它的型格，总是一副不惹尘埃的模样。它的花不尽然是纯白，花蕾折痕处带点绿，翠绿的蓓蕾折纸样绽开，亭亭玉立的一株有半人多高，花梗上散生些密集的叶片，形似一梭稀疏的鸡毛掸子。山谷中的野百合也有几分小家碧玉之气，着了一身素绿，一副脸儿低垂的含羞模样。

　　它是植物中清雅的代名词，身影在僻静的山谷中若隐若现，就像一个仙子蓦然下到凡间。野百合往往在一个地方只生长一棵，如若拔去，翌年绝不会姑息地出现第二棵。这野百合即使不算仙子，也算遗世独立的美人了吧？张恨水笔下的冷清秋，就是手握一盆百合花，冷氏人如其花，喜爱诗书，性情清冷，百合花也是与金燕西的爱情象征，剧中多次铺展着出现，在市井人家的葡萄藤下，在天旋地转的婚房，两人的相遇像百合花一样纯洁无瑕，却最终败给了时间，让百合花惹上了污点，二人最终南辕北辙。

　　百合也是草花，无论这一季生长得多么茂盛，花开得多么精彩绝伦，都会枯萎颓败，期冀从头再来。每一次出现都仿若新生，永远也不会真正老去。草花都有柔韧之美，在它面前凝视，即使没有扑鼻的香，也因为它生长的地形让人驻足观望。人的这种天性，就像心底倍感羞耻的秘密，甜蜜的，孤独的，不能拿来示人。对美和自身的困厄过分地执着，源于对幽微事物的捕捉。

　　快到外婆家时有一户人家，门前支起一个简易花圃，用竹篱和石头堆砌。花圃中间长着混沌未醒的梦花，还有一直认为最有人间富饶气息的大丽花。各色指甲花和胭脂花，随意得就像一路泼洒的，葱葱郁郁，长势掩盖了竹篱。路过便知主人爱慕花草，但凡门前种植纷繁花朵的人家，都拥有笃定的内心，也是这一家人和谐的象征。夏天傍晚，正是这家人晚饭时，各人端一碗热腾腾的饭菜在花圃前纳凉吃饭。一天的辛劳，傍晚正是卸下疲惫的时候，让人格外地珍惜。母亲跟他们打过招呼，我便得以留意这眉目散淡的一家和门前种的花。胭脂花白天都在闭目养神，在晚饭时分才把花灯点上，有些地方也叫它晚饭花。圆柱形膨大的枝节看去很粗壮的样子，花形却小巧动人，就像一个个胭脂色小喇叭，试图把傍晚的夏虫儿叫醒。有的指甲花随意地站在石阶边，或者根脚伸在石缝里。那自由的天性，执拗又有些天真。一天白日里从这里经过，这户人家大概是出外劳动去了，见指甲花绽出点点星火之色，袅袅婷婷的样子，我竟想拔来一棵。或因为家庭的纷扰，心绪的焦乱，终究还是放弃了。那段时间外婆家成了不定时的避难所，来往于这样的路上，还要顾着采花，母亲边是赶路边是责备，心里莫大的失望。有时，它们是明晃的花朵，有时是皲裂的伤口。

我并没有长成化干戈为玉帛的心智。在任何时候，只是彰显出喜爱那些易于亲近事物的天性，不懂得考量它的价值和爱好它的前提。不可自拔地趋近单纯的事物，两两相见，只为单纯的喜欢。在困厄的时候，见到植物会有片刻的宁静。走在田野间，宽一些的田埂上生出许多玉竹，这回母亲的眼神里带了些赞许，任由我采一些玉竹的茎秆来吃，一折两段去叶，味道有些酸涩，只是这闲情逸致分散了注意力，仿佛能缩短两地间的距离。在不断往来的路上，有紫菀花，野棉花，甘野菊，但似乎没有哪一种花草像野百合那样使人惊异，某一天邂逅，就像他乡遇故知。

童年时喜欢那些纷繁的花朵，颜色各异的裙子，却感觉穿裙子有一种羞耻心。由于在异性主导的家庭里成长的不示弱心理，即使内心虚弱，也要给自己套上厚重的外壳。对任何人展示弱点，都觉得是一种不堪，这种观念，最后形成一种对世俗生活无端的羞耻感。见惯了窄小的天地，走去外面的世界，灵魂依然保持一种警觉。追根溯源，或许是知晓人际关系的要害，又不能作出积极应对，只好保持一贯退让的姿态。但对处于弱势又总是易感和采取摒弃的态度。

那天母亲站在窗外，她的神情掩饰得极不自然，脸上有泪水洗过，暴露出红细血丝脆弱的神经。任何撕裂的家庭战争，都会让人的情感怪状嶙峋。我们一起走在路上，却不知目的地在哪里，思忖半天决定还是去外婆家度过。路口买来三个包子，拿一个给她，她推辞一下，接过来后还是慢慢吃掉了。比起在一团和谐的氛围中虚张，似乎此刻相依为命的感觉更具有温度和重量。

但年轻的心灵无处安放，只有身心割裂和不停地奔波，我离开了土生土长的地方。在北五环的房间，每隔几天我便从菜市顺便买回一束百合，让它的花影映在床前，夜里散发的香气使人迷走神经紊乱。怀着沉沉的心事睡去，重复着同一个梦境，大意是外祖父母还在，走在路上，一路跋山涉水，历经重重困难却始终不能到达。梦境反复交织，到翌日清晨才在现实的忙碌中冲散。

百合的蕴意，不过是人单纯的寄托罢了。生活终不得圆满，人所能做的正面应对，无非是避免悲剧和减少些遗憾。

烟管头草

见到烟管头草，不用说都知道是用来干什么的。

在荒地或路旁，遥遥见到一丛烟管头草是很欣喜的，只管兴冲冲跑去扯上一把。正值繁盛期，繁茂的枝叶长成一棵树的形状，却无奈做了一株草本植物，算是一棵微观的"树"。它的生长高度像专为孩子而设，伸手就能够到。很快就能在它周围撇下一把带柄花盘，如果别的小伙伴也扯来一把，彼此就遇到了对手。将双方的烟管头草还未来得及结籽的花盘勾住脖子，勾断随地弃之，两只小脑袋面对面就展开了厮杀，杀得热火朝天，口水直流，互相争得面红耳赤。有时候嘴里还要发出一些乖张的拟声词，一副谁也饶不了谁的架势，好像谁手中的烟管头草厉害就是谁厉害。有时候谁手里有一个"王"，一路过关斩将，竟然毫发未伤，就猜测他给他的"兵"施了魔法。不过是把它花盘下的脖子扭一扭，它就很厉害。最老的那个王牌在手，就能打败天下无敌手，心中便充斥着赢的快感。一会儿工夫，地上便杀翻了无数烟管头草的"头颅"。有的地方管这种玩法叫斗牛，我们不说斗牛，我们说，来，我们杀王霸! 有种非王霸不除的恶气。所以，只要见到它，心就跟着蠢蠢欲动，干着什么也要停下来杀一盘。

　　以上就是烟管头草在童年的用途。它的特征是什么呢? 它的花盘有几分迷你向日葵的模样，弯曲的花盘，大概也和向日葵一样一天到晚扭转着脖子晒太阳，只是不结葵花籽。虽然它的花盘也跟其他草本开花植物一样，开一圈白花，花托上面还像模像样长了几片向日葵式的萼片，就像使尽解数给自己做了一顶皇冠。据说叫它烟管头草，是因为它的花盘像个塞满烟丝的烟斗。第一个给它起名的人，一定是个独具慧眼的老头儿，走到野外林地边歇息，一拍脑门，居然忘了带烟袋，就对着遍地的烟管头草产生了幻想。等烟管头草的花盘老了，就像烟斗里的部分烟丝烧灭了，很自然地脱落了，花盘就萎靡下去了。摸上去还真像烟丝一样黏手，大概是这些未来的种子不愿去开疆拓土，还想聚居在花盘上怀念春光。

烟管头草小时候很像烟草，远没有树的轮廓和志向，像烟叶一样长着宽大略显粗糙的叶片，生在草丛里不易发觉。它哪知道自己长大是要做王的，所以它才不管自己长在哪儿，反正是金子总会发光的。被寂寞的孩子寻得，就是它全株被目光照亮的时候。支支棱棱的一簇，比圣诞树挂满球果都有意思多了。它主干上的叶片，在我看来跟碗柜里舀盐的勺子差不多大，有一个中间稍微凹陷的手柄，叶脉往外拓宽的地方就是勺子底部。在荒草地或田陌上，一不留神就狠狠长了一大丛，就像招兵买马地扯来一大把，心里的富足程度就好像积攒了无数的游戏币等待挥霍。

植株中间那一枝的顶端上生的就是这一株的王，被各路小兵簇拥着，生在植株主干上大概摄取了最多的营养，等它壮大时，其他侧枝上的花盘还结着细白的花。它的气味有菊科的涩味，双手沾满它的汁液也不觉得难闻。因为它给童年带来过欢乐，所以对它很有些留恋不舍。

当有烟管头草的时候，却没有一起玩的对手，那大概就是真正无敌了，无敌才最寂寞。那也不影响那份过关斩将的雄心，一人分饰两角，自己同自己玩，左手同右手玩。如果烟管头草都找不着的时候，就抓一把车前草穗子，将两条穗状花序扭在一起用力一拉，致使其中一根折断分胜负，看谁的韧劲足，谁就能笑到最后。这玩法没什么难的，难的是这么单细胞生物玩的游戏，玩好半天居然不会感到乏味和无聊。

烟管头草全身都能入药治病，那时大把大把采来，真是大材小用了，反过来说，这何尝不是流连山水间的另一种奢侈啊。

绣线菊与烟管荚蒾

外婆在山里捡柴火，我就在山间平地边穿梭玩耍，扑进眼帘的只有青绿的柴火和柴火上摇曳的花。柴火上的花不是些像模像样的花，自然没人注意，花蕊上还停着令人嫌恶的壳虫和马蜂，就更没人看它了，人们当它是普通的柴火罢了，外婆嫌它细小，连捡柴火都不曾割下它。

只要是花总有几分怜惜吧，何况它开花的样子并不难看，枝非常脆，简直一折即断。越是易折，印象中却没有折下很多。母亲叫它白花儿茶，却不曾拿来泡一次茶，倒是有股淡淡的茶香味。只觉得在山坡上这花开得有些荒废，发现它兴许还有些意想不到的美。

　　在山坡上劳动一天，有时候就要带中饭，大概是摘油茶时，早上匆匆碌碌出门却忘了带筷子。环顾四周，荒天野地里，就想随意撷根枝杈，凑合着把饭吃了。崴一根枝丫，撸去棕红色皮毛，就开始了野餐。此时花朵已凋零殆尽，也能狠下心。

　　它常常长在石砾间，山坡下或岩石旁，开花像小几号的绣球。素缕如线，故名绣线。叫它绣线菊，却丝毫没有菊科的涩味。盛花期在三四月，枝头如盛团团白雪，明媚的阳光倾泻在白花上，不经意就刺疼了眼眶。这时蜜蜂上上下下，有的扇动着翅膀，有的蛰伏在花上，大概这景象也能成一副绣娘的素材。蜜蜂工作的地方，不是在花间就是花房，蜜蜂是它的见证者，绣线菊给每一朵细小的花都描上了花蕊，绝不少一点一笔，这么繁复的工作它也不嫌累。

　　对着花团看久了就觉得少了点什么，原来是少点棱角，此时叶片起到了修饰效果，疏浅齿缘增加了不规则感。一大片绣线菊开放，每一簇上面就像密集了无数的浅褐色圆点。久而久之地看，就像盛着酒窝的笑靥。

　　它的枝条颀长舒展，软细如瀑，枝条从另一端奔拉下去，宛如花拱，是春姑娘走过的花拱桥吧，风把它们轻微地抬抬起来。这么细小的花，却在微风里密谋一场计划，释放一种馥郁的香，就像一种甘甜的酒酿，试图把人的鼻翼唤醒。

它的烂漫点缀过童年，有时候在山边或者岩石上见到它的幼株，就习惯性地保护。

有绣线菊的地方就有烟管荚蒾。不是同一科属的两种灌木，却有相似的秉性，只能在疏林中见到它们的踪影。初夏春花已凋谢，烟管荚蒾来到了山地上，旁若无人地像所有荚蒾植物一样开一团圆形花序。

它的枝丫上有一层厚厚的浅褐色碎屑，叶片背面披挂一层灰白色绒毛，人若触摸后再去摸脖子等柔软的皮肤就会发痒，就凭借这层绒毛碎屑做的盔甲，烟管荚蒾为此减少了很多折损，也因此多了些同类荚蒾植物没有的野气。

无人看无人管，它跟白花绣线菊一样开花，生于山坡也只能被人当柴火。它的枝条像藤条一样笔直且柔软，被人派上了别的用场，制作烟管，得名烟管荚蒾。因为它柔软的特性，捡柴火常用它来做捆绑的藤条，所以一丛烟管荚蒾终究长不大似的，总有一两根被人割去，露出灰色的切面，大概就能算出不同的时间，不同的人曾与烟管荚蒾相逢。

只见长卵石形叶片上端支着一团白色花冠，新抽出的枝条为暗红色，延展到花蕾上只剩一点淡红。五瓣小花与蕾簇生，乖巧而简静。花蕊上标志性的几点黄，似人工促成。花谢后，颓变成一簇羊奶果一样的小果，像被太阳灼伤过一样泛出红丝，只不过果子是簇拥成一团，不似羊奶果无序散乱地挂在枝上。小果顶端支着一段麻褐色天线，形似针芒，只不过毫不尖利，基本上形同虚设，也无法收集什么信息。见到烟管荚蒾，总让我感觉它像人的幼年期。而绣线菊，则像芳龄期，那似有若无的笑靥在传递着什么易折易碎。

栀子与彼岸花

在南方，很多人家门前都种着一棵栀子花。栀子花树在南方十分常见，即使不爱侍弄花草的人家也会扦插一棵，漫不经心地装点院落。那白花黄蕊，在形似兔耳的绿叶中间，芳香纯美得令人心醉。

南方花卉千万种，寻常百姓家缘何就独爱栀子花？即便是自带芳香的木本植物也数不胜数。或许是栀子花容易栽植，不需要精心养护，南方潮湿，随意取一段枝丫随地扦插就能成活，渐渐地就能长成很大一棵。南方人家门前的栀子花，大多是这种随意的结果吧？南方多雨，而栀子花喜温暖潮湿，与南方多雨的天气不谋而合。又或者是栀子花属于多年生小乔木，比草本植物耐冬季的霜雪和酷夏的高温。所以南方人家门前那一抹白，便可以一直在。那种平淡如邻家姑娘的感觉，绿骨朵中带一丝白，在细雨中静静地旋开。栀子花的叶片终年常绿，永不凋零似的守候着花开，对花的等待可谓持久，只为做花的陪衬，花叶一起搭配初夏的光景。花缺了叶显得凋敝，叶少了花显得贫乏。它的白是吸收了月华的白，只一盏茶的工夫，就在月光下绽放了，也跟月华一样静，听得见时间的走针移动。

它极喜欢在雨水的浸润里盛放，带着酒窝儿似的露珠，有几分青春的甜美朝气。那纯白的颜色与初恋的感觉类似，真诚大于一切，干净得不含一丝杂质，充满可亲可近的光洁感。加上盛花期在六月，正是少男少女们挥别校园时，那花叶依依苍翠欲滴，就像少男少女们惜别时光的模样。

古人给予它的名字与它焕发出的气质多么吻合，据说因为果子像商周时期的青铜酒器"卮"，就顺势起名叫它栀子。光发出的音都有种纯粹，像含着浅淡的微笑说出来的。

我来自寻常百姓家，对同样来自寻常百姓家的栀子花自是喜爱。它是调香能手，大概寻常人家每天忙忙碌碌，没空赏花，它便营造出持久的芳香，越过距离助人舒缓神经吧。花开到枯萎直至焦黄，依然不减清香。小时候从别人家门前路过，就要猝不及防地摘下一朵，近距离闻它的花香，栀子花也是一副有花堪折直须折的样子。

初夏去同学家，刚下过雨，雨水把其他植物的气味都洗淡了，忽然闻到一阵清香，循着香气来到墙根下发现一大棵栀子花，就像邂逅了一个满身花香的邻家姑娘，从此对它念念不忘。花朵的形色，跟人身上的穿着一样，反映出不同于他人的调性。年少的时候偏爱白色，栀子花的白，小白鞋的白，白棉衬衣的白，对白色的东西没有免疫似的。长大后喜欢不做任何修饰的，也不需要细节，最好模糊掉性别。

如果重瓣栀子花的旋涡似年少的胸怀还缠绻未开，那单瓣栀子花就是更小的孩童的脸，看上去更简洁稚气，不留一丝心计。

十年前，我在屋檐下扦插了一枝栀子花梗，十年后，栀子花在瓦楞下还给我一片花海。它的茂盛，就好像这十年时间的佐证。依稀记得扦插时的形状，就像在长大的邻家姑娘身上寻找曾有的模样，这一身的繁花再也不是一眼就能看得过来的了。

邻家有一棵栀子花，白花层层叠叠，却被老人一夜之间砍去，地上徒留下碗口大的伤疤。因是在屋前场坪边，也没见他种上别的作物，很久还是原样，替那棵栀子花树惋惜的同时也使人迷惑不解。大概是老人觉得自己跟栀子花树根一样小半截身子埋在黄土底下了，他还眷恋着地上的烟火人间，看见那满树招展的白花就像葬礼上的布置一样让他发怵了，一时起意就手起刀落将多年的栀子树砍去了。

这代表青春朝气的花朵，在不同人的身上却有了不同的效果。

还有一户邻居，女主人是利索爱美之人，在丈夫葬礼的当天，她在头上别了一朵自家门前的栀子花。这样的场合，还能流露这小小的心思，郑重其事又有种端然的自持。记不清她脸上的表情，却记得脑后盘发边的栀子花，仿佛因为它，脸上的哀伤减轻了许多。可能她丈夫生前最喜欢看她戴花吧。

归去山野那天，惯来会下一场雨，雨水刷新了空气里浮动的屏障，青山因此明净许多。过了七日，她在家中独坐，见一只蝴蝶飞来。起初只是不经意看了一眼，见那蝴蝶似有留恋地盘旋，定定地对着她看，她仿佛意识到了什么，她开口叫着丈夫的名字，对那只蝴蝶说，是你变成蝴蝶来看我了吗？如果是你，你就扇动一下翅膀。那只蝴蝶像听明白她说的，努力扇动着翅膀。

寻常百姓家，也有这样的情意绵长。一朵栀子花承载着一段心路。

少年时，校园外有农人售卖的栀子花，铺在一张剪开的大塑料布上，用橡皮筋三五朵捆成一束，叶片上沾了些莹亮的露珠，看去有些清朗的美。买来一束，在盛了清水的墨水瓶里供养它，低头翻课本、写作业，课桌上芳香四溢，惹得隔壁桌男生频频侧目。在我上学的时候，还绝少有人早恋。一名男生给心仪的女生送去一束栀子花，在宿舍后窗两人四目相望，彼此紧紧握住一束栀子花。男生倚在窗前，好像在说无休无止的誓言，只愿那誓言最终跑得过时间。在年少时，这名女生的穿着言行就有种超越年龄的大胆，这使她有异于常人的出众，敢于做一些逾越常规的事。即使飞蛾扑火，也要炽热夺目，有抵死绚烂的勇气，绝不在人群中无人发觉地生长。任何一段关系，开始得太过轰烈，结局必然走向平淡。后来这名女生因此辍学，结婚生子，过早就踏入社会，过上了俗世生活。

幼年时在山中采来一丛带根兰叶，叶片细细弯弯，有人说它是兰花。将它种植在屋前，从未见它开花。经年后，我离开，它还在，忘世地长着，不繁盛，也未曾苍老。有一年突发奇想挖来它的球茎带去异乡，一路辗转汽车和飞机。在花市买来一只陶罐种下，整个春天花盆里都悄无声息。夏末的一天，陶罐里不期然生出两枝纤弱茎芽，孤孤单单顶开两朵龙爪般的花，如碎裂的火焰。这哪里是兰花，它就是人常说的石蒜花，生在少有人去的田埂或荒地。

花开花又谢，石蒜花也没生出叶片，跟栀子叶全然相反，直到花茎完全枯萎进入下一个轮回，才宛如新生地生出两片绿叶。见花不见叶，见叶不见花，花叶永无相见，似一对生离死别的恋人，一个咫尺，一个天涯。它还有个好听的名字叫曼珠沙华。如果栀子花堕入红尘就是入世，那烟花般灿烂的彼岸花身在红尘中，一双梦眼看尽世间缘生缘灭，只释放短暂猝然的美丽，仿佛前世用情至深，今生才要果断决绝，不受世间牵连羁绊，倒有几分出世之心，就像它的名字一样，开在彼岸之花。

Sui
yue
feng
hua

坐看云起

华伯一家

这羊峰山下，猛洞河畔的村落，多数都是同姓氏或一个家族的，其中也夹杂着别的姓氏，相处起来并无不同，家中有事都是挨家挨户过来帮忙。

华伯一家是同姓人，却是搬来的人家，被人叫独脚朝门，但也有一样的田地，坐拥这片山野。那点孤独的体会可能更多是心理上的，会在某些特殊的时候显现出来，即便后来找了兄弟姊妹多的人做妻子，这点感受也没改变。据说他祖上的人犯事杀了人，强弱分明的两兄弟，强的那方回来霸占了弱势一方的家产，就像火塘中央的火圈架，从祖上开始就四分五裂了，这炉火说散就散了。

华伯跟我父亲很要好,他妻子是我父亲的媒人,是我母亲这方同姓氏的叔伯家姊妹,便介绍了父亲与母亲相识,后来才发现两人都在同一所学堂读过书,算是校友。有了这一层关系,两家自然来往得多。

华伯生得高大,性格憨厚,两只肩膀不知挑了多少担稻谷和牛粪。早年在生产队,他一担能挑两百多斤,一人能顶两个人工分。凭着这副宽厚有力的肩膀,养育了五个子女,两男三女。按照乡人的标准,有子有女有田有地,接下来的日子只要扎实肯干生活就有奔头,他成了闻名乡间的种阳春一把手。我父亲胸前口袋插一支钢笔去教书了,华伯与父亲不同,他的学问不在口袋里,在他家稻田里的秧苗上,在比别人家高又壮的土豆、玉米庄稼上。那是春发的季节,见他怀里捂着一盆肥料经过,这肥料又不是饭粒,既不怕脏又不怕凉,为什么要双手捂紧?见我不解,他说提前打开就挥发了。

他有一双大脚,走起路来比平常人稳重。乡野里四处是泥巴,只要下雨,屋前屋后就有深深的鞋印子。走在路上,我时常想这脚印子会是谁的?下了雪,雪沫子抛洒在路上,就像蓬松的盐。早上一起来,这大脚印一串接着一串,链条一样没有间断,直到瓦缝里升起了一缕炊烟。我背着书包一个人去上学,见雪地里的大脚印还保留着分明的轮廓，便把自己的脚覆盖上去，这简直是一艘船，撑得下我两只脚。人的身高应该跟脚的长度等比例生长，这也许就是华伯的大脚吧。他人高脚大却口吃，别人说一句话，他梗着脖子好半天才吐出一字半句来回应。他从头至尾地笑着，目送那人走远了，望着那人的背影发一阵呆。所以跟他闲谈的人不多，他便一个人默默地干活。服侍完田地里的庄稼，他就去找副业做，去附近的沙厂做工。

他清早起来就出发，见他穿得灰不溜秋，这身衣服应该是昨天穿过的，裤腿和衣袖沾满了泥沙。最引人注意的恐怕是他脚上的解放鞋，露出了拇指脚趾头，鞋子早已成了泥黄色，应该是常穿它干活。我明知故问他去干什么，他梗着脖子憨头憨脑地笑着，缓慢地说去沙厂洗沙。

干活之余，他也喝酒，有时候是给别人家帮忙干活，在别人家里喝，酒碗就放在脚边的火坑岩上，抿一口酒，半天才吃一口菜。我父亲年轻时是他的酒搭子，这样的酒搭子在羊峰山下多得数不清。谁家里办事，大人小孩把酒席早早吃了，酒搭子才慢吞吞上桌，在条状高脚板凳上坐好，一算人数至少得开两桌，十只八只大碗往大桌上一摆，一声吆喝就吃酒。把主人家的酒吃完一壶又一壶，一直吃到天黑，旁边滚落好几只空酒壶子，直到主人家再也拿不出酒来，还要吆喝管事的找人去村头铺子打酒来，喝到每个人都两眼昏花才散了。回到家不省人事地往那里一横，就什么都不管了，只面红耳赤地喘着粗气，这是酒品好的。酒品不好的喝醉了，看什么都是歪斜不正的，抡起拳头就要打人。华伯好像不打人，只会不停地说话，家里人便用自己没喝醉的思维同他说话，他喝醉了还不停地梗着脖子碎叨，听多了惹人厌烦，家里人就趁他喝醉力气失掉了三分数落他。他多是宣泄自己独脚朝门的苦闷，说到动情处还会落泪，不知哪句话不对头，家里就鸡飞狗跳地闹起来了，叫骂声惊动了邻里。

一次我父亲请华伯来家里喝酒，一直喝到半夜，相邻几家都要关门闭户了，华伯才昏天黑地站起身，母亲见状便要找人送他回家，他执意不要人送，为了证明自己没醉，他不停在胸口划拳，梗着脖子碎叨。想着他家只有几百米远，中间除了一片松树林，也没有河，便让他自个儿走了。当晚他就醉倒在松树林里，在别人家的草垛下躺了一夜。怕是回到家听见那铺天盖地的骂声，相比之下草垛边更舒服吧。我父亲喝完酒却是跟他完全不同的状态，一句话也不说，闷声闷气地抽着烟，好像烟嘴把话堵上了，话跟烟一样烧没了。

华伯父亲早些年去世，家里没有兄弟一起守夜，过午夜道士收工一走，三天夜里就得一人守着，我父亲便陪着他为他父亲守灵。平时我家有事，华伯都是随叫随到，因为他把这事当一世的情分。我母亲后来生下弟弟，那是深秋，火塘里生了火，大家围着火塘坐拢，火光映着每个人的脸，我让外婆提着马灯去房间看弟弟。回来有人对我说，弟弟是他们从河里捡回来的，还指着华伯让他证明。华伯梗着脖子笑道，河水很大，是大家拦下，他才有空找来撮箕撮的。那河里的情形，当时我的小脑袋是没法拼凑了，只觉得这是在座每个人的功劳，在外婆的指示下，我给在座的每个人后脖颈合抱一下表示感谢，大家笑得更是嘴拢不上了。初生小孩后的第一个来客，是这个家的踩生人，主人要请他吃一碗开水泡的红糖炒米，华伯第一个来，不知有没有吃上那碗炒米。

我上小学的一天下雪了，路上风雪交加，泥巴就跟抹了油一样在靴子底下打滑。经过华伯家时我停了下来，见我走不动了，他便搓了一条草绳。风雪把我的伞也吹翻了，露出了伞骨，他把我的伞又平复修好。我接过伞，靠他用稻草绳给我鞋底编的草环走回了家。有时我放学后饥肠辘辘，碰上他家吃饭，他塞给我一块锅巴，有时候锅巴里还卷着菜。我母亲说，她刚来那两年，大家去一个地方背稻子，她的稻子在半路上滚下来，一头栽进路边沟里沾了水，把它拖出来就再也背不上去了。正在为难时，华伯担着一担稻谷走来，连同母亲那包稻谷放在了自己的担子上，头也不回地走了，加在一起有两百多斤重。

华伯老了，他的儿子和女儿都大了，各自分担了家务，他肩上的重担也轻了许多，他不用挑两百多斤的担子了，道路也通向了稻田，只要一辆小车就够了。他便每天守着几头老黄牛，过了几天轻闲日子。他的小儿子经常在外地，找了个外地的女朋友，女孩圆圆的脸，白白的皮肤，有几分腼腆。一天早上，女孩在小儿子的房间里半天不出来。华伯的老伴去敲门，让小儿子开门，她说要进去拿些油盐。见门不开，老伴便不停地敲，等小儿子把门打开，女孩抹着泪难为情地跑开了，再也没来过。后来小儿子就没有正经八百地找过什么女朋友了，他的心都拴在那个一气之下跑掉的女孩身上了。他长得清瘦，个子也高，脸上生满了迟到的青春痘，气色一差，那些青春痘就跟着变成真正的豆青色了。没过多久，他就病了，这一病就一蹶不振了，也没人知道他生了什么病，病了一年还是两年就死了。那天早上，华伯最小的女儿匆匆来到我家，同我母亲说，三姨，我小哥去了，说完就揩着袖子走了。傍晚我放学经过，见华伯从山上砍下来一棵树扛在肩上，树不大不小，是给他小儿子绑棺材用的。从身后看见他，我没有叫他。父母都去他家帮忙了，我只能去他家里吃饭。天已经麻黑，事发突然，老屋前也没有支灯，那堂屋里的情形让人不忍目睹，画着菩萨像的屏风遮挡了一切，也没见常规的敲敲打打，老屋前的场坪里摆了几张桌子，只有十数个乡邻走来走去，大家静悄悄的，连话都没说。

第二天人去掘井一回来就下了连天的大雨，出柩时辰一到，老屋就被抬空了。几个壮年男丁在雨幕里艰难移动。借来的棺材上涂满新油漆，经雨水一淋，泼溅了人一身。

华伯中间的女儿仿佛继承了他的劳动基因，是最勤劳的一个，银盘的脸，跟她父亲一样高高大大，胸前留着两条辫子，家里最粗最重的活儿都是她做。常见她在大热天里挑担粪，里面丢几张树叶防泼洒，小孩碰见就拧着鼻子经过，她不介意地换换肩，把胸前的辫子甩到肩后边，往她家最远的菜地走去。明年她就要出嫁了，嫁到邻近的村庄，虽然嫁过去了也一样要干活，但说起来，她的脸颊就会露出一对酒窝。一天，我在灶房里烧火煮饭，只见她梳着两条麻花辫子走来，手里端着一个黄瓷盘。听说我母亲做了酸菜，她来弄些汤底回去腌菜。母亲要给她盛满，结果她只接了半盘就跨过门槛走了。没过多久听说她病了，谁也无法把她平常干活的样子跟生病联系起来。好端端的怎么就病了？连她的家人也支支吾吾说不清道不明。那么大个人居然会一病不起，再也没有走出家门。这年冬天的疾风也没有扫走这家人的阴霾，相差半年她就跟着她小哥一同去了。还是老屋前的场坪上摆几桌席，远近乡邻都默不作声，嚼着饭粒无法下咽。一个家接连发生这样的大事，这次家里没有猪能宰了，超度的人几天没有吃荤，最后把母猪都赶出来祭牲了。

我往常放学回来接过她手里递来的锅巴，甚至还跟她睡过同一张床。一次，我母亲去外地走亲戚了，晚上回不来，把我安排在华伯家，便让她管我。到了晚上我不肯睡，站在床上摩挲着蚊帐，她刚把我哄下，我又站起来，最后我实在困了也就跟着睡着了，就这样跟她在老屋里过了一夜。如果她能赶上结婚，去了别人家，兴许就不会得这种奇怪的病了。我母亲说，那场婚事早在她生病前就退了。没人知道为什么，如果没被退婚，那结局会不会不同？她走了之后，她母亲便要去山上捡柴了，她母亲的个头小，干活自然不如她。她母亲在干活的时候常常会提起她的名字。哦，她的名字叫芬。以前都是芬到山上捡柴，以前都是芬去给菜挑粪。她埋在了里头湾的坡下，石头堆的坟，没有墓碑。她母亲有时候去放牛，在一块草坪上歇息一阵，她忽然说要去看看她的芬，听的人一阵沉默。

一年间，家里失去了一儿一女，别人说他家犯了三方煞。从此后，他家老屋的堂屋就向后摆了，堂屋原来的面向全封闭，神龛完全调转了朝向。房屋的背面变成了正面，对着一片黑黝黝的竹林，路过时，只觉得那屋檐下滴落的雨水都是黑的。但老屋还得住，不住老屋住哪儿呢，新屋虽然也没多新，但那是给大儿子划过去了，大儿子和前几年娶的新媳妇才生了一儿一女。

真住下去出了事怎么办呢，为了避煞气，又没别的地方可住，我母亲干脆让他一家住我家里来了。在我家木楼下的房间打了铺，炉子上生了火。但终究不是长久之计，住了半年他们又搬了回去。

家里人少了，华伯的活儿又多了起来，总比闲下来好，一闲下来就容易想起很多事，前半辈子的和现在的。以前还怨自己是独根蒜，别人说自己是独脚朝门，现在大儿子跟自己一样也变成了独脚朝门。他是这个家的根，看着自己的枝枝蔓蔓逐渐枯萎断裂，他喝了酒就忍不住跟老伴吵起来。"那天早上让你别敲门你非要敲门，是你敲门二老媳妇才气走的，二老后来才生的病。"那天老伴做早饭要去二老睡的房里取油盐，谁都知道那是骗人的鬼话。老伴在心里也会为自己开脱，是那女孩无长心，根本留不住，你看她细皮嫩肉是能干活的样子吗？不干活，成家了能讨什么吃？二老神魂颠倒的样子一定是被她迷惑住了。二老常年在外做木匠，跟家人相处得不多。她跟芬相处得久，会更想芬一些。不管发生了什么，身边全是要做的活，一刻也让人停不下来，只要一干活，她就会想起那个最勤劳的孩子。想念让她无力抗辩什么，她变得不爱骂人了。她常常说服自己，二老就是处对象才中了邪，他哪来的病？知情人都说是她不对，人家两人互相对上眼了，你非要掺和，让女孩羞愧难当逃走了。

这一年即使踩在刀尖上也算是过去了，天气暖和起来，阳光洒在山野，仿佛也漏进了心里，但开春的阳光也没驱散笼罩在这家人头顶上的乌云。家里接连倒霉，他家的新媳妇领着孩子常常出来晒太阳，在邻居家里走动，见人就会老远笑着打招呼。她是个性格开朗的人，没有芬那样生得粗壮，但手有巧劲，在家当女儿时就能给当屠夫的父亲帮忙递刀子。她常来我家跟我母亲聊天，大概是这一家人的子女都叫我母亲三姨的缘故，她自然也跟我母亲走得亲近些，聊些婆媳间的事。她的胆子比一般的女人大，家里刚出过事，丈夫在外做副业去了，她一个人在家里住。在兄妹俩出事前，一天半夜，鸡笼里的鸡叫得人不安宁，她以为有黄鼠狼，胡乱驱赶了一阵，见鸡笼的门关着，有野生动物也进不去，就放心睡觉去了。鸡又开始叫起来，她听出来是最大的那只公鸡，叫得异常凄厉。鸡是灵性动物，到三更才打鸣，不会无缘无故惊慌啼叫。她翻来覆去睡不着，去厨房提了一把菜刀对着鸡脖子砍去，世界终于安静了。那是生魂在掐鸡呢，要给亲人捎信，我就遂了那生魂的愿，后来家里果然就出事了，那对兄妹的魂早就去了。我在旁听着，被她说得一愣一愣的，鸡皮疙瘩直往外冒。那年新媳妇不过才二十八岁。她还笑着跟人说，桂湾六婆去世，她去给人家里帮忙，来了一个人给她卜了一卦，说她难打过去二十八岁。她还笑说，冬月过去就是腊月，二十八岁眼见着没剩几天了。

这天我去上学了，回来就听说他家出了事。新媳妇与大儿子吵架，一气之下喝了放在门后的农药，那是给秧苗驱虫用剩下的。她也许只想吓唬一下对方，刚拿起来喝了两口，瓶子就被大儿子打翻了。华伯用被子绑在木梯上做了个床，着人抬去医院抢救，路上就断气了。自家人出事，自己不会找自家人，但这是别人家的人，这个家直接就翻天了。华伯被新媳妇娘家人狠狠打了一顿，老伴躲去了娘家，娘家有几个兄弟在，没人前去问罪。

他家新屋前飘起了白色的纸幡，摆上了一排排纸糊篾扎的红绿房子，黑色的人头在屋前坪地里攒动，大儿子背着媳妇的遗体在人面前不停地三步一下跪。道士唱了三天三夜的哀歌，每隔一阵，就有几声大炮响彻半天云，做法事的领头人就要带着队伍和那两个幼小的孩子去坡下的井里取水。只见那两个孩子一身白，帽子连同衣服也是白的，由大人扶着作揖，一大一小，像两个雪人的模样。把他们的母亲抬去深山的那天，小的那个还不懂得哭，只愣愣地由我母亲背着。爆竹那天把土地炸开了花，半空中升起了一团团蘑菇云，好像那强烈的爆炸声才能震撼和抚平娘家人一时的心伤。

自此以后，附近的人就是从他家路过都有几分胆怯了。他家新屋朝门又往旁边改了改，没有再对着门前那条大路了。有时不得不从他家屋前走过，连天的雨水让屋檐下的石头松动一块都像某种征兆似的，让人胡思乱想一阵，生怕沾染了某种邪祟。

岁月翻飞间，连同雨水把那些陈年旧事都洗淡。后来听说上面给他家分了房，他家又自修了楼房。我只偶尔一次经过，见原来那房子还没拆，只是破败地立在那里。华伯更老了，半天才认出我来，又半天才说出话。如今那两个年幼的孩子已经长大成人，建立了新的家庭，还遇到十分好的人帮衬。十里八乡已经没人家有牛羊了，华伯没事干，还是到山上放着自家的珍稀动物。冬天放牛时，为了给牛把岩坎上那点芭茅草割下来，他从悬崖边摔下来，天黑了才让人给抬回来，捡回一条命。他这一摔就成了半身不遂，再也不能下地干活了，还要让人伺候。他大女儿把他接到了自己家楼房里住着，每天给他做莲藕炖排骨汤吃。

一天，母亲对我说，昨晚梦见你华伯穿着一身新崭崭蓝瓦瓦的衫子，他还对我笑，也没见他半边身子动不得，我就问他身子骨能动了？他笑着说已经好了。母亲说，这梦恐怕是预兆，当地有梦极必反的说法。不出几月，那个最会种阳春的人，就在别人田耕土种最繁忙时去世了。

他大女儿在他长眠的枕边放下一副牌，说让他到那边没事的时候也玩玩牌。

跟河

邻居家四姐妹，最小的乳名叫四四，她还有个名字叫跟河，大概因屋前有条小河而得名。因为先天缺陷，跟河不会说话，但在某些方面更伶俐。有人从门前经过，她马上搬出小凳来招呼别人。别人说话，她就在旁边静静听着，脸上笑盈盈的。她懂得察言观色判断别人的想法。

他们家喜欢种花，太阳花，指甲花，剑兰，松果菊，紫茉莉，蟹爪菊，开满了沟坎上的土坯。跟河屋前的小水沟，属上游小河的分支，小沟边铺着青石板，常有人来捣衣。水边几棵大树得到水气滋养，挡下一片阴凉。跟河一家人都喜欢在沟边跟人聊天，夏天背着泡沫箱卖冰棍的来歇脚，聊着天就忘了赶路。小水沟年深月久地流，积了厚厚的泥沙，眼见被一群鸭子搅黄了，有人正忙着捣衣，撸拳擦掌坐也不是站也不是。跟河见了就顺着小沟走上去，把一群鸭子赶走了。

跟河有自己的沟通方式，比如洗衣是两手相搓。父母亲，姐姐，赶集，针线，猪牛羊，电视机，图画书，都各有"叫法"。五指聚拢搁在耳后，表示花朵。手臂在身侧划几道弧线，表示赶集，或者去遥远的地方。

小河东面有两条河流交汇，形成了坝子，水有半人多深。夏天去坝子上洗澡，小孩子们捏着鼻子就往河里跳。手掌沾些水朝肚皮上拍三下，念着口诀，太阳太阳歇歇……太阳转过身不见了，天空忽然飘来一团乌云。阴得久了，身上起了鸡皮疙瘩，嘴巴一阵一阵发乌，牙齿也开始打战。口诀就换成太阳太阳转来，给我打把伞来。也有口诀失灵的时候，就要回到岸上找衣服，不知道哪个恶作剧的把衣服藏起来了，又返回河里嬉闹，穿了一身干净衣裳赶集的人都要微微侧身，防溅了一身水花。

坝上除了人，还有水牛凫水而过。长大仿佛是从不去坝上洗澡开始的。到了傍晚跟在大人身后，找个静悄悄的河沿，拨开水草漫溯下去，像一条翻着白肚皮的鱼，顺着河流游一会儿，就四溅着水花上了岸。跟河长成了半大姑娘，身材越加的颀长，出落得窈窕美丽，脸颊时常浮着含羞的笑意。她挎着篮子去菜园里摘豆荚，也要穿上姐姐送她的黑纱裙，上面布满白色的波点，风一吹就服帖在小腿上，很温柔的样子。

跟河还学着姐姐们找人穿耳洞。用一块土豆片垫在耳朵上，一根大号缝衣针麻利地挑过去，嘴里跟着发出"咝"的一声。开始我不明白为什么要用土豆片垫着。难道是耳朵上的肉没有土豆片脆，怕牵拉得肉疼？好像土豆的肉越厚缝衣针穿过的疼会得到延迟似的。或者是一种心理暗示，打耳洞不可怕，只是穿个土豆片一样轻松？我猜了半天还不明白人家是用土豆片消炎呢。跟河也怕疼，但她更爱美。她走在姐姐后面，手里摇晃着两片厚厚的土豆片，去找村庄年龄最大的人穿耳洞，穿了耳洞回来就在别人家的竹篱上掐一段细细的竹棒当耳针。

跟河睡觉的房间隔壁是家里的谷仓，为了防潮，谷仓铺着高高的楼板，小小的空间一分为二被谷仓占去大半，只够放下一张小床。我却很喜欢在这样小的房子里住着，逼仄幽暗得刚好装下小小的梦想。跟河把扇纸牌得来的连环画纸贴在了谷仓的墙壁上，有我源源不断地输送，我把书包里的连环画撕成了光秃秃的脊梁。

跟河家的墙壁上贴满了画条，有美女明星，山水风景。这些画跟总体陈设相比无疑是标新立异的，让家里屋外透出唯一的现代气息。画旧了，看腻了，就会被主人悄然换掉。换画条那天就是他们全家出动赶集的日子。赶集回来，她家的录音机里就飘起了墙上这些画报女郎的歌声，家里每个人看去都喜气洋洋的，跟墙上的画一样新鲜，他们成了方圆十里最吸引人的一家人。人们都爱去他家待一阵子，找些新鲜的话题聊上半天。碰上他们家大门紧锁，从门前路过就要忍不住失落，这一天就好像缺了点什么。这种关系就像油盐于大人，糖果于小孩，没它就少了滋味。每天烦琐的劳动让人们早就变得沉闷无比，只有这家人保持着与成年人相违的鲜活。他们家的磁带摆了厚厚一摞，是那个年代的情歌王子和甜歌皇后的专辑，每天的曲目变着花样，家里每个人说话的语调都像是唱出来的曲调。到了夏天一家人就在小沟边站着跟人聊天，让人不留神就把衣服洗完了，但话题还没聊完，人就把捣衣的速度放慢。她家顺势搭了一条晾衣竿，索性让人晒干了收回去。到了冬天就把人请进屋暖手，一边烤火一边说笑。一坐下来，女主人就把这人面前的火堆用火钳划了又划，热气袭来的时候就可以漫不经心地看这家人墙上新贴的画。

这真是图画让人着迷的年代，将军元帅都身骑白马，山河锦绣都壮美如画，看上去是装饰，更像是劳动后有了闲暇的人们心底里生出的期盼和梦想。家家户户都贴着毛主席像，十大元帅像，山川鸟雀图，把家里屋外映衬得富丽又堂皇，让人一看就觉得充满了愿景似的。但谁家都比不过跟河家的贴画多还换得勤。她父亲在别的事上吝啬苛刻，唯独不惜在这上面花钱。

我家只有两张画条，到晚上幽暗的房间有了灯，我看着画上裙裾曳地的古人，挥着水袖仪态万方的样子，脸上一概流露出寓言式的神情。我惊异他们那么逼真，被我看在了眼里，要忽然从画中跳出来怎么办？他们显然跟我粗枝大叶的精神样貌是完全不一样的，遇见他们我该说些什么好呢。还有一幅白娘子救许仙的画，白娘子欲撷灵芝而去，一只尖嘴仙鹤从旁阻拦，她腾云驾雾左右环顾，仙气十足，我想不出家里还有谁有这等品位弄来了这幅画。画条上的图景不过是一种高高在上的生活，可望而不可即，长年久月被风蚀了，就像心里的盼望淡化了，只隐隐约约留下一圈似有若无的痕迹。

但人们总会不断开辟新的形式，有人家操办喜事，主人为了纳吉，请人来家里唱戏，大人小孩都来看。有阳戏看的那天，跟河母亲早早就吃了饭，呼朋引伴去看戏，跟河兴奋地跟在后面"咿里呜哇"地叫着。临时组合的阳戏班子，在屋前空地上搭起了戏台子，熟悉的乡人一涂脂抹粉，立刻变得不一般了，知道是乔装扮演的，也不敢相认了。那幕布一会儿拉上，一会儿掀开，也没拉得多么规则，仓促间，打镲的，吹唢呐的，拉二胡的，就一骨碌露了出来。

跟河在人群中间比画着，给唱台上的每个人都竖起了大拇指。舞台上的人跟画条上的古人一样长裙曳地，款款而行。一会儿出来一个大花脸握着刀，怒眼圆瞪的样子，让人对他有几分害怕。一会儿出来一个小姐或丫鬟，袅袅婷婷的样子，头戴凤冠，脸撇向一边，走着小碎步，打扮也比其他人华丽。大人们就说那是谁谁谁装扮的，她演的是旦角。具体唱的什么也没人知道，图个喜气热闹罢了。就听见唱腔句句都压着一口气，就像生活中有了什么愁苦究竟是不好意思表露，就在戏里不让人发觉地唱出来了。强弱分明的两人若同时出现在舞台上，那大花脸长杆手中挺，怒火心中烧，与那丫鬟小姐互相周旋一阵，底下人仿佛看懂了似的议论纷纷，好像替弱者的角色有了感情，心生了不平。

跟河父亲年轻的时候，就是这阳戏班子里的。跟河母亲是戏迷，从台上认识的她父亲，对她父亲只有一把二胡琴不管不顾。不唱阳戏的日子，吃罢晚饭，他父亲就在自家门前拉二胡。以月亮作灯，旁边燃了一蓬艾草熏蚊蝇。

"十五的月亮，照在家乡照在边关，宁静的夜晚……"她母亲跟着二胡哼唱。她父亲自己会制作二胡，做琴的时候，谁都不敢去看，跟河吐出舌头挥舞了一个抹脖子的动作。只见她父亲蹲在地上弄一条蛇，几天后路过，大树的树杈上就吊着一块残缺风干的蛇皮。

有了露天电影，阳戏就不大有人家请了。晚饭后跟河做了一个武打的动作表示谁家放电影，她跟在大人身后，发出一连串的呼哧声。她母亲一路走一路招呼人，手里捧半把瓜子嚼着，另一手挑着一个火把，夏天就拿一把扇子。听说有人家逢喜事连放两场电影，就是路太远。为了看电影，跟河母亲早早准备了很多枞树桦子，那火把原本是跟河父亲晚上去田里抓泥鳅用的，点燃的枞树桦子装进一头的兜状铁丝网里，用一根木棍挑着，方便看电影回来照明。夜里睡觉，见窗户印上一团火光，听到这家人看电影回来清脆的笑声，接着是跟河走在路上兴奋地发出"哇哦"的声音。

后来又有了电视，只需扭动开关，就能在家收看节目，还能调频道，虽然黑白电视机时常闪着雪花点。有时信号不佳，只能收一个台，饭后看电视成了固定的娱乐项目。跟河家是比较早就拥有电视的，十四寸的黑白电视机，不看的时候，就把电视机当最重要的一件宝贝，用那种平常只围在脖子上的镂空三角围巾遮住。看电视的时候，只消把垂下的一角向上揭开。

跟河会模仿电视里的人穿衣，冷得瑟瑟发抖也只穿着两件薄衣，不停地摇头说自己不冷。电视里常演的生活片，我们也看不懂，小孩子喜欢的只是大人围着电视闲下来的工夫。我们的娱乐是翻纸牌和跳房子。跟河走路轻又快，衣衫薄又带风，赢了我很多纸牌。有小人的纸牌自然珍贵一些，轻易不会出手，就像一张保底王牌，拿在手里斟酌一会儿才出手。那几天跟河家的卧室墙上，贴了孙悟空翻着筋斗云、铁扇公主拿着芭蕉扇的图纸，都是我输掉的小人书折的纸牌。

天不下雨，我们就在空地上画一个大大的跳房子。最初的跳房子道具是随意捡来一个残碎的瓦片，慢慢发展成用电池盖。手电筒的废弃电池一头有个粉红色的空心圆形塑料片，被我们一一收集来。找块石头，饶有兴味地把电池盖敲下来，看它完好无损地脱落，心底就涌起一丝成就感。有的电池被扔在屋外坪地里，雨水泡过已腐朽发霉，我们也相当不嫌弃。把各处捡来的电池盖穿成丁零当啷的一串，不跳房子也捏在手里把玩。上学后手里有了旧算盘，五个八个算盘珠穿成一串，就是最稀罕的跳房子道具，在脚下光滑顺溜地穿行，电池盖也被我们淘汰了。瓦片和电池盖都没有的时候，就用一串橘子皮撕成小块。

跟河一早向我比画着，她家的晒谷场，我们跳房子空地被她父亲钉上了篱墙，变成了菜地。她灵机一动，摘来一撮五加皮的叶子，用橡皮筋在叶柄处系起来"踢鸡儿"。五加皮叶柄上依次生着五片叶子，样子跟我们的手掌差不多。跟河的腿细长，能一口气踢很多个不落地。一天要踢坏好几个毽子，便要找很多五加皮叶。屋檐下背阴的地方长了一丛五加皮，我们便轮番看管它，使它免遭人有意破坏。

或者去玩抓石子游戏。规则是抓三颗，把一颗石子往上丢，一手连忙到地上抓另外三颗石子还要把刚才抛上去的那颗石子悬空接住。我们兴高采烈地玩着，有时候一次只不过抓了四五个石子，就让我们像中了奖似的。充斥着输赢的游戏，总惹得我们一阵阵欢呼，直到大人叫我们吃饭还意犹未尽。

玩游戏都是找来的时间，很多时候还是要干活。跟河做得最多的便是放牛。一天傍晚，跟河把牛关进了圈里，回来后就"哇哇"地叫着，让母亲拿了家里的镢头跟自己出门去。直到去路边的草丛挖回来一株山桃树，原来是她看上了这株山桃开了星星点点的几朵花，便央求她母亲挖来在门前的土坯上种下。这株山桃当年就结了小毛桃，小毛桃长得稍大一点，毛桃上就沾了一团黏糊糊的油，还布上了虫眼。跟河见了就会松着牙关撇撇嘴，告诉别人她是不会摘的，她只喜欢开得像红霞一样的桃花。

因为年龄小，跟河不用干姐姐们干的活儿，每天她都要守一头大水牛，但她从来不反抗这样的安排。周末，我便和她一起去放牛。她家的水牛很温顺，生着长长的睫毛和一对黑亮的眼睛，缓缓地嚼着路边的青草。

冬天青草不济，水牛要去遥远的山巅待一天才能吃饱，人就要在牛后面也待上一整天。天气冷，几个人拾来些干枯的树枝，就在牛吃草的不远处生一簇火，让青烟在牛的肚皮上漫过。放牛的人一边说话，一边把十指在火焰上张开，牛就沉默无声地吃着草，像懂得温暖似的驻足不前。

有时悬崖边生长一丛芭茅，跟河便冒着危险掐来给牛吃，看着它吃完还要拍拍它的嘴，好像是一种安慰。

田陌上的春草长起来时，就不用去山巅上了。宽阔的河坝上，到处发出绿草苍翠的气息。牛打着鼻息走过的地方，飞虫就蓬勃而出。到初夏飞蛾蚂蚱乱成一片,闹哄哄地在头顶形成一股强大的气流。草丰的时候,只要把牛放出去,过几个小时便可以赶回家。这时节走在田埂上,要紧跟在牛的后边才能防止它破坏庄稼。田野里,漾着层层的稻花。河坝边有浅水荡,水草更细嫩丰盛些,牛吃饱了便找一个泥塘待着,背上抹些泥防止蚊虫。我们便在草甸边上掐那些细弱的毛茛花,跟河还把甘野菊塞在了耳洞上。

路边的紫菀花开了,田埂上的野棉花花更是开成了串。这样的时日平静而悠长。等野棉花花结了白絮,我就要去更远的地方上学了,我在跟河面前用手在身侧划下几条弧线,她略有所思地点头。山那边开了一偏山的油桐花,说好采回来插酒瓶的,也没去成,就让它自己开着开着凋谢了。渐渐的,她仿佛有了些心思,她比画给我说,如果她能说话就好了。小时候,她因为发烧打针才变成今天这样的,她认真地告诉我。我表示认同。在她脸上却丝毫没有埋怨的表情,她只是想告诉我,她并不是生下来就不会说话。

一起采野花、摘野果的日子充满了欢乐。只有一次,在河坝边玩,我脱了筒靴跑开了,跟河在我的筒靴里放了一条蚯蚓,并装得若无其事。当我回去穿筒靴时,我独自跑了很远。见到我吓得发狂的样子,她笑了半天,笑出了声。她笑和愤怒的时候是有声音的。我很生气，她知道我怕什么，印象中那是她对我唯一的一次恶作剧。

有一回，我们在河坝里放牛，天突然阴下来，像是要下雨，牛却在河坝上低头吃草。人们都意识到要下雨了，慌忙找地方躲起来。雷声滚滚而来，我便问她听见打雷了吗？她朝我点点头。过一会儿，雨没有落下来，可天还阴着，只是雷声停了。我问她这会儿听见打雷了吗，她还是点点头，并且一副十足肯定的表情。我忽然意识到，她的耳朵根本听不见，不由得一阵失落。树上的鸟叫声，河水的流动声，跳房子的珠串声，收音机飘出的歌声，还有电视机里人们的对话，大人间的聊天，雷声和风声，她统统都听不见。她从来就不知道它们是什么样子的，更不能区分和辨别。甚至水牛的哞哞声，牙齿切割青草时发出的鼻息，她也是没有听过的。她能看见蒲公英的暖黄色，分辨紫花地丁和婆婆纳的区别，铺满草甸的牛筋草，撕开就能预知晴雨的异形莎草，沼泽地上剪刀草探出的白色小花，她也统统认识。她低头扯了根草穗在手里玩着，水牛在河坝里甩着尾巴，田野仿佛涨上来许多，浮起一片青茫。

直到太阳沉入河底，把仅剩的光线聚拢，我们才扬着鞭子回家。

有段时间，有人来到家里选她去当演员，她父亲没同意。她就还是守着那头水牛，等着时间过去一年又一年，大水牛的身边又多了一个幼崽。我用手臂在身侧划下几个圈，告诉她我要去更遥远的地方上学了。从此她就只能一个人去放牛了，一个人去采山花，去灌木丛里拾野果。没有人再和她一起把水牛从岸边赶下水，看水牛凫水过到对岸去。不过，她比画给我说可以在赶集那天去找我。她从怀里掏出一件红色格子衫要给我上学时穿。

逢大好的天，她就换上干净的衣裳去集上。山里孩子赶集的欢欣，就像去品尝一块镶有美丽花边的蛋糕。一天我在集上见到了她，她拿着一大把塑料玫瑰给我看，并拉起我的手不容分说朝前走。来不及听她解释，我只好一路跟着她。原来前面的摊子上有堆积如山的玫瑰花，她的玫瑰花就是从这里买的。她欢呼着，跳跃着，就像在山坡上发现了一片松蘑。一束束旋涡状花朵，炽热浓烈，红得绚烂夺目，花瓣上似乎还有露珠在闪烁，但跟前一点香味也没有。她"咿哩哇啦"地叫着，并做出夸张的动作，引得路过的人们频频朝我们张望，我将她远远地拉开。那是赶集的人们逐渐散去的一个下午。

充塞着沙滩椰子树比基尼女郎的ＭＴＶ开始在内陆小镇上流行，跟河家的墙壁上贴了最新的港台明星海报。纯美妖娆的海报女郎在风里摇摆着，商贩用木夹子一张张夹在绳子上，成了一道形形色色的风景，人们东瞧瞧，西望望，期待未知新生活一样昂首阔步在街上。女孩们已懂得爱美，给自己的脖子系上一条很轻很柔的纱巾，很有些港式的飘逸和柔情。纱巾最是平添风情之物，那清丽脱俗的样子，透着整个冬季的清凉与暖意，这样的装饰跟河自然不容错过。

那天，她脖子上围着一条纱巾迎来了远方的客人。遵媒妁之言的传统一度在山村或城乡结合部盛行。那媒婆光看年龄，好像自打干起这行就不年轻了。说是老了，好像那种老只是一种管窥世事的精明。她要介绍一个老界上的男孩子给跟河，男孩二十岁出头，脸庞浑圆，睫毛弯弯，从小跟父亲学木匠，做得一手木匠活。自食其力不在话下，只是也不能张口说话。父子俩一同来到跟河家做客，男孩的模样，跟河见了也是不厌嫌的。男孩父亲给跟河的父母承诺，用自己的双手给儿子建一幢小楼，让他们过上幸福的生活。那天跟河家里接连飘出一串串笑声。

一天早上，在房子旁边的草坪，我听见跟河"叽里呱啦"地叫着，发出愤怒的号叫。我闻声赶来，姐姐们抱住她挣扎的手臂，只见她手心早已被划开了一道血口子，石头地上有空酒瓶迸裂的碎片。姐姐们从背后紧紧地拽住她，她不能出声，但眼角飞着泪。面对阻挠，她奋力抗争，带着自伤的勇气。

不知从什么时候开始，她心里好像更喜欢另一个人，那个人一无所有，同当年的父亲一样。那个人只是在赶集时不忘记给她买一只发卡，从外面走来不忘记给她掐一束野花。她便每天同那个人一起在山坡上放牛，有时候牛吃着草，人就不见了。

家里请来了木匠和弹棉花的，给她做家具和棉被。她的脸上挂着久违的含羞的笑容。

那天她在彩色花被和人群的簇拥中迈进了那个心仪的人的家门。放电视的小组合家具还散发着新鲜的油漆味，上面陈放着那天下午她从集市买来给我看的玫瑰花，花瓣上凝结着晶莹的露珠。门前她曾央求母亲栽下的那株山桃还长在那里，已长成一棵繁花满枝的大树。

我知道无论在哪，她都会有一个春天般的家。

海波

　　以前家里总会给孩子起一些深海一样的名字，好像别的字眼不够波澜壮阔，他的人生不够翻云覆雨似的，就要用名字来点拨。海波是我小学二年级的同学，他的命运跟他的名字一样，平静的海面霎时就起了波涛。

　　古早的同学基本上都相忘于江湖了，这个江湖就再也没有了彼此的传说，但我唯独记得一个叫海波的男生。他皮肤黝黑，脸是竖长形，跟平坦的脸相比鼻子算是比较突出的，小岛一样立在大海中央，走起路来身条板直，好像昂首挺胸一样。睫毛一闪一闪的，带有几分憨厚的孩子气。印象最深的应该是他那双手，黑不溜秋的皮肤上，裂着几道血红的口子。

他仿佛天生的思维迟钝，让他在学习上和条条框框里都慢了半拍，就像他迟迟才落下来的眼睫毛，半天才盖住眼眶里那小团密云。他应该属于差等生，坐在老师一眼望不到的位置。课堂上谁有个小动作什么的，只要老师对着他眉眼一斜，或者把快要写完握不住的粉笔头丢过去，也就知道害怕了。大家还没有那么多规则感和边界感的时候，不知道什么该做什么不该做，什么不能做。大人无形之中就竖立了一个边框，每个人都在边框里待着不出格。

如果没有这件小事，他兴许会像大多数地方的男女那样，结婚生子，平平常常过一生，不过也说不定他性格里的躁动因子最终还是让他无法做个平常人。一件小事能改变一个人的一生，也足以摧毁一个人的一生。

时光穿梭到那一年，仿佛因为年代太久远，阳光的穿透力都变弱了。淡薄的阳光洒在田垄上，田垄上的庄稼就熟了，照在别人的瓜棚果架上，别人家的瓜果李桃就多了一层诱人的蜜黄，所以那是一个秋天。

当我们还小时，并不知道村庄有多大，以为眼下看到的就是整个世界。每天都跑不够，每天都玩不腻，男生女生此时还没有足够的性别区分，每天挤在一起吵吵嚷嚷像山麻雀打破蛋一样叽叽喳喳个没完。如果以上帝的视角看，那块我们整天飘来荡去的土壤估计只有他巴掌上的指头肚大吧，大人都小得像一个个蚂蚁似的，那我们就是更小的蚂蚁了。再小的蚂蚁也有完整的触须，保持着对新鲜事物的好奇。教室一有个动静就"呼啦"一下聚集，老师一来又"呼啦"一下散开。都不是什么大事，有时候是谁带了一本小人书，有时候是谁头上戴了一朵花，捡到了一支铅笔，一块橡皮擦，或者一分两分钱，或者谁带来了什么零食，这就是班里的大事了。只要谁带来这些，大家就一窝蜂在他身边聚集，那种被簇拥的感觉，让他立刻成了受欢迎的人。喜欢受人关注的基因早在出生就有的吧，所以婴儿才会啼哭。到了学校更有了发挥的场所，如果发挥得出了格就算是调皮了。

海波那时候应该不是最调皮的那个，他是把外表木讷、内心憨厚又活泼发挥到了极致。今天他带来一只蚂蚱，明天捉来一只蛐蛐，每天都有新鲜的玩意儿在他黑乎乎的手掌里把玩。他不单为了自己玩，也为了别人看，主要是女生看。他会像个等着别人夸奖的孩子那样充满成就感。他课外的积极性很高，过几天他又带来了吃的东西，高山上摘来的雪顶蒗，很多女生都吃到了，那细溜溜的一串，就像紫葡萄的缩小版。吃到嘴里各有各的滋味，各有各的赞叹。这东西只有偏僻陡峭的老界上才有，属于稀有野果，在平常山野是见不到的。我第一次吃这种野果应该就是这回吧，从海波的手里得到的，红红紫紫的一颗，还没有我们的小指甲盖大，看见别人吃，自己嘴里立马就来"蛇"了。它看起来比葡萄小很多倍，也不会激起更多的口腔细胞在嘴里边活跃，可能就是属于小孩间的起哄吧。

海波吃午饭回来，带来了真正的葡萄，或者一把花生，有时候是自己家的，有时候是别人家的。带到班上给几个人分一颗半颗的也就没有了，大家吃了没够就问他从哪里弄来这些的，他就像猩猩炫耀自己摘到了香蕉，往上翻着眼睫毛说从别人家摘来的。还把那家人的住址说一遍，说这家人门前就搭着葡萄架，不过他摘不到更多，他没有那么高，有时候路过只能摘到几颗，但没人发现。那家的女主人很凶，有几回好像在盯着他看，他说着自己的得来不易。

几个调皮的男生听得入了心，就像棕熊被蜂蜜吸引。到了漫长的中午，把自己潜伏在周围的草垛后面，等待着没人时伏击。主人那扇木门关得紧紧的，但不确定屋里有没有人，小伙伴的心像敲门声一样咚咚响，但脚还是不由自主地靠近了。那家人的葡萄真大，应该是稀有品种，别的地方没有。一个伙伴回来说，听见女主人在家咳了一声，以为她要出来，自己抬腿就跑了。大家没有海波那样的胆量，或者说没有海波那样迟钝。

一天，海波被那家女主人抓住了。女主人把海波带去了他家，问他妈是怎么管教孩子的。偷东西那是贼才干的事，贼偷东西抓起来是要坐牢的。他妈也许是听了"坐牢"二字，刚从外面干活回来正是烦躁不耐烦的时候，也可能见别人找上门来面子上挂不住，就像自家的羊吃了别人家的青菜，吐也吐不出来，只能拿鞭子抽它，让它多受点皮肉之苦。总之在那个女主人面前，海波妈把他狠狠打了一顿，还让他当面认错。

那天他没来上学，大家坐在教室里看见海波哭着从教室外的操场斜穿了过去。他边走边哭，后面跟着他妈，拿一根荆条比着他，最前面走着的就是那家女主人，要带他去找人说理，手里拎着两个大白萝卜，样子骂骂咧咧的，就像自家的青菜被别家的羊吃了，现在的她只有愤怒。我们才知道，这次海波偷吃的不是葡萄，而是拔了人家地里的萝卜，就是被女主人当场缴获拎在手里的那两个萝卜。那幅画面一下击中了我们，看见的人都知道发生了什么。他边哭边嚷的样子是我们见到他最后的画面，后来他再也没来上学，也没回过家。

教室里少了很多争着抢着的欢笑，大家有一阵变得静悄悄的。有人说，他那天边哭边嚷说要去他外婆家，要去爬火车。但他一个人根本去不了他外婆家，他口袋里没有钱。他的家人根据他嘴里吵嚷的线索去找，但没有结果。他们不可能傻到没去他外婆家找过。这个活生生的人，就这么彻底地走出了村庄，跳出了规定里的格子。

如果那天那个女主人不抓住他，或者不带他去找他妈，如果他妈没打他一顿，如果打他一顿，女主人就此熄了怒火，如果被打了他抵抗着不逃跑，也许他就不会无缘无故出走，从而让自己滑出了正常的轨道，也许这个命运的闭环只要差之分毫就不会合拢。

即使那时年龄小，海波也是认字的，小时候找不到出走的家，长大后也会知道家在哪里，只要他还活着就一定会回来。就像大雁飞回来过冬一样，只要知道这里是暖和的。也许他还活在世上某个地方，只是他的心早已凉透了。

坐看云起

　　即便是一个小得不能再小的村寨，跟五脏六腑似的，也会被人分出了不同的区块。桂湾就是其中一个区块，六婆就住在这里。她是村寨里最会掌事的长辈，别人家的婚丧嫁娶请她来，她必定尽心尽力办得妥妥帖帖，最后分文不收。请六婆来家里掌事，就像夜行人有了灯盏，远航人有了罗盘。六婆的皮肤白，为人谦和，人中两边几道褶，嘴角一颗痣，更增添了几分慈祥。

　　六婆是官湾地主家的女儿，那是曾经官员多如牛毛的地方。人们说起当年她家的富裕，就是卖了家里的石头都能吃三年。六婆虽然出身地主家庭，却没有沾染不良习气，品行还是当地人的模范。

六婆早年因为出身，总是矮人一等，饱受诟病，年轻的时候受了些苦。她白天背着孩子干活，晚上还要摸黑洗衣。辛辛苦苦把孩子拉扯大了，又要供孩子读书。六婆知道读书的重要性，条件再艰苦，每个孩子都要上学。六婆的婆婆，说起来还是自己家族里的堂姑，在这边一起做了婆媳，六婆却没能得到她多少帮助和理解。出去砍柴，婆婆让她背最大捆直到压弯了腰才满意。去山上烧炭，让她把炭篮装满到不能再满。她出门干活时，也不帮她带一下孩子。六婆从不打骂子女，总是温言细语地说话，用她的智慧和耐心感化教育孩子，就像小雨对花苗的浸润。大概是她早年受到过压迫，便特别能理解别人经历困苦的时候。所以儿子们长大娶了媳妇，她便对儿媳妇好，在背后从来只挑每个儿媳妇的长处说，从不要求儿媳妇为她做什么，儿媳妇懂得感恩和回报，所以一大家子都是和和气气，从来不会无理取闹。

六婆熟知地方风俗和礼数，读过诗词和经文，为乡邻做事总能派上用场。搬帐子是当地的嫁娶风俗，女方家庭在新婚当夜把蚊帐从家里先发出来，再交由男方家来接，有一个押礼的环节。过了最后一晚就将过门，大概基于女方的矜持，为了体现婚姻的责任，想引起对方同样的重视，略微会让人为难一下，最后再说些祝福的话。帐子就是新人的蚊帐，用涂红的竹竿套好，属婚宴郑重其事的一种体现，增添些祥和热闹。

通常在天不亮的时候，算是男女方代表的第一次交锋，就像对歌一样，如果让对方说得哑口无言，那就输了底气。发帐子时，新婚的两家亲朋都在场，人们都围着看热闹，不仅要有一定的口才，也得有一定的敢于人前展现的胆量。这难不倒六婆，她肚子里的墨水能让她应情应景地对答自如，最后还知进退地让两家人都和和气气，既让女方家的人感到矜贵，又给男方家增添喜气。给新人缝被子也是在六婆的指导下进行，缝好的被子一律抻抻展展，没有一点褶皱。铺床更是六婆亲力亲为，她边做边念口诀："铺床铺床，喜气洋洋。先铺四角，后铺中央。百年好合，鱼水情长。"女方要做哭脸粑粑染了红分给大家，表示自己的难舍之情。男方要把鸡蛋或鸭蛋煮熟后染红，六婆引领着一对新人逐一给长辈们行礼，再把红蛋捧到长辈手中。

我母亲说，自己就是六婆迎亲接来的。六婆年轻的时候，我母亲还是新嫁来的媳妇，同在一丘田里拔草，我母亲被别人落下一大截，母亲去请教六婆。六婆说，遛田不遛边，边上那些边边角角多，你去扫角，自然就跟不上人家了。六婆自己却站在了边角上。

母亲给秧苗插肥，手抓着饼肥一拳伸下去，平白多了个坑，秧苗从水田中浮起来了。六婆给我母亲做着示范，手指夹着秧苗伸开并拢，指尖撺肥到根下。

遇到孩子叛逆，母亲除了打骂撒气就是放任不管。六婆说，摸刺猬你就顺着摸，别逆着摸，他会不舒服，还会把你刺痛。

以后遇到不会做的事，我母亲就去找六婆。六婆说，你来我家给我做儿媳妇吧？六婆最有学问的大儿子已经娶了妻，人家两个好着呢。母亲喜欢去找六婆聊天，有一个长辈罩着就好像还在娘家里没出嫁的样子。六婆也会说起以前的旧事。在六婆之前，六公还有一门亲，产妇在家里生孩子，初产就遇了难，孩子没活过来，初产母亲抱着自己的孩子不撒手，每天哭泣。六公骂道，真晦气，哭就活得过来啊？舍不得放下就把孩子吃了吧。那刚出生就去世的孩子，六公埋都没有埋，就将之胡乱处理了。这男人多狠心啊，六婆说着时透亮的眼里有了一丝浑浊，止不住同情那孩子和刚刚生了孩子的产妇。六婆这么说，六公就背着手走来走去，不去把话听仔细。六婆在家生孩子也吃了不少亏，她对我母亲说，你生孩子要找人快些送去医院，不要管男人在不在家。那位嫁来的媳妇后来还没熬成六婆就死了，便有了现在的六婆。六婆一共有五个孩子，四男一女，二儿子长得最像她。

六公老了，人也和善了许多，每天烧香拜佛，祈求神灵保佑。他手上时常拿着一卷草纸一炷香走在路上，想着要去哪里敬一敬。

要敬的太多了，那家家户户的神龛上早就写好了，天地国亲师位。天地最大，然后是国家，亲人，尊师都在位列。六公不仅敬这些，还敬鬼神，敬道路，敬牛马，敬一条默默无闻的水井。过年过节，水井的上方就被插上了一炷香纸，井好像也要过节休息了，给自己的门面上插了告示，看去比平常安静了许多。路过时，就觉得有了种神乎其神的东西。有六公的带头作用，村里其他人也开始拿着香把四处走动，给水渠插上了香把，给土地庙前点上了灯。每天都在水渠里淘洗取水，水渠不该敬吗？还要给土地神送饭，有了土地才有了土地上的一切，土地神不该敬吗？我大伯腿脚不便，也要每天跌跌撞撞给土地神送饭敬香，过大年还要在土地神门前点一串鞭炮，炸得地皮子都起来了，不怕土地爷听不见了。吃年饭前，还要把每一样精心烹制的菜肴盛一碗放在簸箕里，端去土地庙前，这哪一道菜不是从土地里得出来的？不能因为生活得更好了就忘了对土地该有的敬畏。门门道道的有人懂有人不懂，就有了学问，六公就成了这行道的老师傅。这方面做得多了，六公也像半个神，跟他说话要格外小心谨慎。他的四儿子沾亲带故地继承了他的衣钵,做了乡间道士,按辈分有人叫他四老,四叔,四爷。我叫他四叔,后来四叔一做起来,他父亲就真正老了。

六婆每个子女都在自己的领域里有出息,大儿子教书之余还给各家写对联。二儿子当起了村干部,农忙之余还给人家办事时做管事先生。孙子孙女如今也散落各地,有的开了工厂,给村里人解决了失业的恐慌。每个子女都有好几个孩子,家和人兴旺,就像春联上写的那样,"天增岁月人增寿,春满人间福满门"。

一个帮村人求佛祈愿,一个给邻里料理家事,六公和六婆都是在不同领域为村人造福。平时六婆都在家里不出来,那里紧靠山下,树冠叠嶂如云。我和母亲去看她,她老远就招呼我们过去坐下来。我一上到六婆家场坪的台阶上就被那园坎上的花吸引了,蝴蝶一样在各种花上绕。六婆见我对一种松果样的花感兴趣,便跟我介绍说这是"十样锦",有好多种颜色,那是你三叔从军队带来的。她说起当兵的三儿子就充满了自豪,脸上浮着笑,褶皱舒展开。我便挨个挨个看,见一株柳条样的青藤匍匐在石坎上,露出一朵嫩黄的花,花很小,却不容忽视,六婆说这是"迎春柳",就是春天最早开放的迎春花。我见到了一大株结香花,人们都叫它梦花,它混混沌沌的，当真在做梦。这应该是它的小名，说是在梦花树上每打一个结，就会替人实现一个愿望，只见梦花树上打满了结。看下去，我见到了大丽花，开得跟绸缎庄里的织锦一样，这花的富丽映出六婆一家人别样的和气，会珍惜和照拂无关痛痒的花草。要是换作我母亲或其他人，结了果的毛桃都要心狠手辣砍去半枝，好像它占了什么紧要地方一样，若是这些花花草草入眼，恐怕早就嫌它碍眼，见它萎靡不振就要从土里拎起来扔一边去，连做柴火都嫌它不够结实和粗壮。我母亲一来就和六婆聊家常，不谈风花雪月，只谈柴米油盐。临走时，六婆看出了我的心思，找来一把铲锄，挖了一棵迎春柳给我带回家种。母亲依了我，把它种在了墙根下，一段时间都是鲜活嫩绿的样子，我每天都去看它，就像心底开了一朵花。后来不知怎么就干成了几段藤茎，逐渐萎靡下去了，连给母亲做柴火都嫌它不够粗壮了。

一天，我在学校给六婆正在补课的孙女说，告诉你件事你莫哭，她默许了。我说你婆去世了。说完之后自己也觉得唐突。她是没哭，但神色明显暗下去了很多。

母亲低沉着说，她最敬重的两个人都过世了，一个是华伯，一个就是六婆。六婆那有学问的大儿子给她写了一篇悼文，白纸毛笔字在墙壁上起舞，迎来送往的人都要驻足一番。六婆一去世，桂湾里就飘起了白幡。

六公常常背着手对着远处的山河凝望，原来是在谋划给六婆找一块风水宝地，背山面水，在一片田野中间，就像坐在了太师椅上，六婆从此就在那里坐看云起了。

听青蛙读书的人

外公有一位长兄，排行最大，我叫他大外公。他圆头大耳，个子高，像弥勒佛。他和外公从小读私塾，说起话来也是与常人不一样的。在生活中，他从不提及子女家常，关心得最多的是古书中的人，也许那正是他向往的生活。

书中人侠肝义胆或古道热肠，身世都很离奇，如果不是这样，后来一定有足以改变一生的际遇。吃过晚饭，外公有了闲暇时间，大外公忽然想起书中某个人和某个桥段，便拿着旱烟袋来到隔壁的外公家。你说穆桂英替父出征那天骑的什么马？罗通为什么打不过苏宝同？薛仁贵出生那天边出太阳边下大雪？那些翩然而至的问题，外公始终对答如流。大外公来了便坐在一个独立的马儿凳上，他的耳朵不能听见平常分贝的说话声，所以外公跟他说话要很大声，惊得飞鸟陡然展开了翅膀，划进无边无际的黑夜。大外公吸着旱烟袋，烟管头上早就蒙上一层糊糊涂涂的烟灰，他将烟杆在火坑岩上磕一磕，烟管头立刻闪出一点簇亮的星火。有时候兄弟俩相对而坐，就是围着明明灭灭的炭火，什么话也不说，直到夜深，大外公才站起身，屋外月光倾泻，银色的沟水汩汩流淌，似要奔赴月光尽处。

大外公有很多子女，他却喜欢一个人住，生活过得认真而简朴。他在山边的树林里捡来竹枝，束成小捆，细致地叠放，用来生火煮饭。他每餐只吃固定分量的餐食，一小圆盘的米，每天二两肉食，蔬菜便由儿孙们送来一些。这一堆儿孙里，要数大孙子媳妇最孝顺，时常给他换洗衣被，看他米缸里的米是否见了底，问他还缺什么。他便把自己珍藏的好布匹毫不吝啬地送给了大孙子媳妇，他听不见大孙子媳妇说的话，只见大孙子媳妇脸上堆着谦恭的笑，她把布匹收下，隔一段时间做了盘扣衫再送来。

如果每个孙子媳妇都这样，那大外公房间的东西早就堆不下了。大外公有五个儿子，两个女儿，孙子也有了孩子，四代同堂，上下一百多口人。如果聚集起来吃一顿饭就得按照酒席的规格操办，大外公不爱张罗，自己的儿孙也从来没聚齐过，他甚至都认不全自己的孙子，孙子又生了孩子，那孩子跟自己又有什么关系？他们散落各处，各自做着什么，究竟是替父母来还债的，还是败家的，他也不甚清楚。子孙们有什么喜怒哀乐，自然也就不在他关心的范畴里了。

在他身上已不剩多少俗世生活的影子，他不参与任何人的红白宴，即使过年，也是这家给他一块肉，那家给他一些柴，他一个人有滋有味着呢。一个人把饭吃了，每天都像过年。再说，过年跟他又有什么关系？他不爱凑热闹，既不像儿子们一样忙碌，也不像孙子们一样期盼。

即使他做饭的房间也很干净，灰尘和油烟好像也知道他与世隔绝，纤尘不染。他的床铺叠得整整齐齐，所以即便是自己的孙子也很少去，怕扰乱了他的生活秩序。

但他是真正出过门的。大门一锁，小女儿就把他接去城里住了。住一段时间，他就回来了。我外公问他，怎么不多住几天？他回答，城里的苕藤都要买。这东西遍地都是，他大儿子媳妇每天都扯回来一捆喂猪。

他大女儿来看他，担心他睡不暖，给他带来了一床电热毯。我外公家就在隔壁，两家屋上的瓦楞都没有断开。他拿着旱烟杆，走下垫脚石，就从弟弟家烤火回来了，只要把电热毯通上电，床上就暖和了。

一天夜里，燃起了熊熊大火，火苗从大外公的房间里窜出来。此时沟里的水也是杯水车薪，我外公听到了动静，火势已将大外公的房间吞噬。外公顾不上别的，不停地敲大外公的门，他站在门外过门石上用力撞，也没把门撞开。他的哥哥就在里面，他只知道他要救哥哥出来，在门外喊得声嘶力竭，涕泪交加。

外公正在撞门呐喊的时候，自己家的房屋就被卷进火海里了，顷刻间化为乌有。大家把火扑灭的时候，一切已经发生了，那奄奄一息的火堆旁，放着一个尼龙口袋，里面是大外公被人捡拾起来的残骸。大女儿赶来的时候，整个人瘫在了地上，抱着那个干瘪的口袋寻死觅活了一阵，口里溢出了白沫，大外公也没显出原形来安抚她一下。她哭累了就不再哭了。现在连个座椅都烧没了，她就一个人坐在院子里的石头尖上沮丧着，大家来来往往的忙碌，没人看她，也没人同她说话。

既是天灾又是人祸，他们说大外公一定是上天做神仙去了，被火化的人都是羽化登仙了。这么想着就会好过点。在俗世中儿子们还是给他备了一口棺材，灵柩也没有堂屋可以安放，就停在外边的沟坎上，一棵桃树底下。黑漆棺材空荡荡的，铺了崭新的红红绿绿的绣花被子，就把那尼龙口袋里的骨灰往上面一撒，一个人的一生就盖棺论定了。

到晚上这棺材就融入了同样漆黑的夜空里，什么都看不见了。儿子们在旁边点了一盏灯，灯影摇动，像有个无形的手指乍然将它掐灭了。于是儿子们捡来了两个残碎的瓦片把灯罩住。这盏灯是不能熄的，会影响大外公日夜赶路，晚上守夜更像是轮流看护这盏灯。

因为烧了好几家人的房子，所以大外公的法事也省了。因是在火里转世，按照风俗，长眠地只能选择三沟两溪和洼地。就像担心在高处还会引风点火似的，在低处反而利于子孙后嗣繁育。那墓碑也不能高大显眼，引人注目，便选在一片矮坡下面，四周都是稻田，还围着茶山，一年四季跟种满了常青松一样。这方田野到夏天就有一派蛙声，呱嗒呱嗒，跟琅琅书声似的，大外公每夜便可以按时听青蛙读书去了。

故事外的人

外公也有一支旱烟袋，枣红色的烟杆，磨得油光水滑，烟杆留着树枝原生的疙瘩。平常不用它的时候外公将它弃置在门后，有人来的时候才拿出来。客人从口袋摸出烟荷包，与主人相互献上自己珍藏的烟叶。在外行走，一卷烟叶是所有抽旱烟老年人的随身标配，坐下来抽杯烟，用作见面聊天时的开端，立时缩短了人与人相互间的距离。外公抽烟袋时没有大外公那么沉醉，只是蜻蜓点水式的，点到为止，客人走了，就又把烟袋锅藏在门后。

外公自己种烟叶，晒烟叶，切烟丝，他把烟丝切得像发丝一样细。在楼上卧房，门敞进来一扇光亮，外公面前摆一块砧板式的木板。此刻，他是一丝不苟的，让人不敢靠前，生怕挡住光惹他不快，便站远一些看，方便他起身有回转的余地。

外婆将烟草种在稻田边的小石坳里，长得跟大青菜一样，它们好像知道自己不同凡响，比大青菜还要茂盛。烟叶宽大有黏性，摸上去些许黏手，小虫儿扑上去就被限制了自由。所以，我常常嫌弃去摸它，独喜欢它从中间探出一根直立花柱，开一串粉紫色圆锥花序。烟叶收割后，就挂在晾衣绳上或是柴火架上等待风干。这就像是外公的零食，他对待自己的零食格外爱惜，生怕折损了丝毫，破坏了烟叶原生的味道。

外公不爱琐碎的劳动，却喜欢在门口喂鸡。他端个四方形木质米斗，把鸡群连声喊过来吃食，我突然跑过来将鸡群冲得四散，外公立即作出责令的表情，脸就像厨房冰冷的菜刀一样拉起来。但不大一会儿，他就忘了刚才的责备了，而我还没忘，在吃晚饭时，我不爱吃豇豆里面的豆子，就把豆子拣出来，故意不给他，做出要丢掉的架势。他便及时拦住，让我夹在他碗里。我便认为，他刚才喂鸡时生的气大概是消得无影无形了。

外公有一个篾制书箱，收藏的古书都已泛黄。写着竖体毛笔字的书籍，页脚已卷曲。去翻那些书，仿佛闻到时间封存的味道。掠见穆桂英，杨宗保，罗通，薛仁贵的人物画像，对他们的事迹产生了兴趣。外公会模仿这些人物的语气讲故事，说书人也不能置身书外，得是熟知他们的老朋友，对他们的喜恶了然于胸。小姐丫鬟，公子员外，多是爱憎分明，说起来栩栩如生。睡觉前，外公把腿支起一个拱形，像一座桥，弟弟便在桥上来回翻滚，央求外公讲故事听。故事里的人历经磨难，书生赶考，盘缠散尽，英雄救美，劫富济贫，行侠仗义，拔刀相助，苦难者都及时遇见了自己的保护神。故事轮番讲，弟弟轮番听，早已背得滚瓜烂熟，就像天气播报员口中的地名一样，知道下一个谁将出场。讲乏了，声音也弱下去了，弟弟还很精神，外婆再接着讲熊娘嘎婆的故事。他们的故事各不相同，外婆的故事多来自民间流传，外公的故事多来自书册野史记载。有时候是弟弟睡着了，外公的故事还在讲，就跟门外的流水声一样。

除了讲故事，外公是沉默的，平常好像也不懂得寂寞似的。年老后，他几乎不出远门，只有一次从后山摘了杏子给我们送来。

外公早年是生产队的大队长，带领几十人去修水库，筑堤坝，开田拓地。干活多了，他的背像两头翘起来的扁担一样弯。后来他又自学了裁缝，去各家走访给人做衣裳，还因此认识了我祖父，间接促成了我父母的姻缘。他常在外奔走劳动，认识十里八乡的一些人，听过很多人的故事，又读过私塾，知道些道理。家族邻居有事就来找他排忧解难。夫妻吵架，邻里纠纷，赡养老人，就是兄弟分家，都要请他去坐镇，侄辈的人见了都要恭恭敬敬叫他一声二叔。

就是这样一个刚正不阿的人，大半辈子都在关心别人家的事，终于在七八十岁的时候才开始关注到自己已经老了这回事，与人说话便常带泪痕。有两位常登门的客人，算是他的朋友。一个是周瞎子，他双目紧闭，一丝一毫看不见，脸上却时常浮现着笑意。他一来，便在沟的对面喊问一声，二叔在家吗？外公听了，第一时间走出来应答。眼看他拄着双拐来了，我怕他摔下沟去，想着走去迎他一段，他已经先我一步过桥了。他抬动一下眼皮，不紧不慢地说，今天沟里的水浅。他就像睁眼看见了似的，今天果然水很浅，看得清水底石头的模样。

他怎么就知道过了这座桥就是外公家呢？从他家到外公家，沿路一直是弯弯绕绕的沟坎，有好几座这样的桥，哪座桥到谁的家，他都摸得一清二楚，绝不出错。周瞎子长得方方正正，穿着一身中山装，随身揣了一块报时怀表，但他一生未娶。聊天一阵后，他从口袋里把怀表取出来按一下，就会有一个中规中矩的声音说，现在时刻中午十二点整。小孩听到这声音正儿八经反而觉得有些玩味。

这时看他嘴角牵着不露齿的笑容，颇有几分自豪，好像心里有值得他暗自庆幸的事似的。现在时刻下午五点整，这时他就要琢磨着起身回去煮饭啦。他把怀表放回兜里收好，摸到了身边的拐杖。

因为周瞎子这不露齿的笑容，好像识破了些天机，他又喜欢研究些玄学时辰八字月份季节命数，尚是当地非著名的算命先生。我没找他算过命，却找他化解过困境。腊月里瓜子壳卡住了我的喉咙，咽不下也吐不出，如鲠在喉般难受。外婆便带我去找了周瞎子，他对着我念了几声口诀，又给我化了一瓶水，回来后水还没喝，我就不知不觉好了，大家都没当回事似的，也没觉得多么惊异，只是我在心底觉得他有些神力，大概深得祖上人的真传。

外公第二个常来的客人是他曾经年轻时的朋友老杨。他住得较远，来一次得让人送，离家近的这一段由他自己走来。他挂着一支拐棍，胡子花白，一到外公家，仰天长叹一番，就像阔别故土似的。当年他有意与外公结为亲家，最后事情未成，他依然想着来外公家，视他为朋友，每见一面就感慨万千，不知今日一见，下次还能否再见。外公送他走后，终于也忍不住惆怅。外公年龄越长越多愁善感了，他经常一阵一阵发愣，低着头不语，当说起什么又哭了，泪水流在胡子拉碴间。

外公曾有一对儿女和一位妻子,一场伤寒病带走了他们,徒留下外公,那是新中国成立前的事了。那一对孩子已懂事,跟人建立了感情,一个家突然空了,又回到了当初一人。在外公好端端的外表下,心中的伤痕仍要一生去平复。他从来不在人前提起,把这件事深藏在心底,那忽而愣神忽而感慨的泪水也有为他们而流的成分吧。

遇到后来的妻子,也就是我的外婆,却只生养了我母亲一人,外婆就因为身体原因做了手术。

大外公把自己家的四儿子过继给外公,四儿子又娶了媳妇,家里有好几个孩子。外公便给他们带孩子,那摇篮里的孩子睡着了,外公的手还在摇。时间长了,有了家长里短,婆媳间又生了嫌隙,大外公的四儿子一家就负气出走了,去了别的地方发家,走时把门前种的核桃树也砍倒了,过继这事就从此告吹了。

外婆让外公另找个人回来生养,外公说自己没有那么多子女缘,曾经的有也变作了无,他就一心一意养母亲一个孩子,对外婆言听计从,家中大权全部交给她掌管。

直到我们来到了他身边,在星星点灯的夜晚,门外流水潺潺泛着银光,屋后的山风吹拂着门前的稻浪,他缓缓讲述着古老的故事,月亮挂在天幕就像穿越时空的信物。

稻花少年

　　早上我要去上课，他跟在我后面玩耍，走一段我便劝他回去，我往前走，他一直跟着，索性带着他一起走，这是他第一次尾随我出门。带着他过了小河，一路穿过田野，居然来到了东边的学校。铃声响了，我忽然惊慌失措地跑开。矮小木槿做的藩篱，落下他一人站在那里。

　　上完课想起要去找他，心扑通扑通地跳着。竟然在原封不动的位置找到了他，他在我走开的篱笆边站定，一直在那里，不曾动摇一步。我便带他来到教室外面，让他一个人玩，并丢给他一把削笔小刀，让他在门外等我。见他的小脑袋晃来晃去，露出一张白嫩的小脸儿。教室里的同学们就像看一个比自己还小的小孩玩照镜子游戏，他怯怯的眼神忍不住好奇。无聊的时候，他就用小刀去磨墙上的红砖粉，小刀不小心掉进了墙洞里，他把手伸进墙洞里面找。

那时盛行一种流言，有人给小孩注射一种针剂。不知为何这样，但心里会发慌，见到陌生人会害怕。不知始作俑者是谁，说路上捡到某某神仙一封信，不继续复印传阅，就会有灾祸缠身。很多时候不敢出门，或者下雨天不能出门，只能蜷缩在房檐下，翻地上干燥的泥粉末，漏斗形旋涡里寄生一种微型生物，叫"地孔蚁"，对它念一种口诀，用燃尽的香棍去搅，见它满身泥尘地出现就会有一种奇怪的满足感。长大后口诀已遗忘，也许那只是属于孩童的魔咒心语。

小时候他在外婆家长时间寄养。跟邻居小孩一起玩，叫大些的孩子师傅，他是师傅其中一个跟班。在那个江湖里，他肆意挥洒着汗水，玩到天黑才意兴阑珊地回家。无聊的时候就去玩泥巴，找一团软硬适中的田泥，在地上反复揉匀，到手掌心捻成窝状，起身时猛地往地上砸去，顿时冲天一响，泥屑四溅。头脸、鼻子、四周的墙壁都挂上了泥点。玩泥巴时，采集泥巴的累活让他去干。摘果子时，一棵树最高的枝头，他自告奋勇去爬。扯断邻居地里的葱，拔出一棵秧苗扔在人来人往的路中央。被告状后，母亲的骂声像一串爆竹从后脑勺瞬间爆破，由远及近，噼里啪啦，炸得十分响亮。问他缘由，他却回答不上来，自己也不知道为什么要这么做。是别人让你做的吗？他点点头然后又摇摇头。母亲气急败坏地舀来一瓢粪水，命令他喝下去。就像见一摊深不可测的渊底，他的脚开始打战，不住地往后退缩，情势所逼，他只得一遍遍告饶，上气不接下气，视线早已被泪水阻断。剧烈的求饶慢慢变成不自觉的抽噎，汗水顺着脸颊从头而下，初夏的空气凝滞不动。我呆立一旁，知道主谋并不是他。

母亲把他叫到水田中央，让他卷起裤腿，为毁坏别人立在田埂上的稻草人忏悔。小身躯陷在泥水里，把别人随意散在田中的稻草一点点清理好再束扎起来，以期当场上演痛改前非就能立马获得别人原谅的戏码，泪水和泥水同时在一张脸上扫荡。

但所有的悲伤过后都有一丝欢乐的线索。在干活时的田野里，我模仿动画片里小叶子的腔调叫一休哥，还有一段"咯唧咯唧"的音效，就像挠到胳肢窝，在我们自制的笑话里，他笑得前仰后合，央求我一遍遍模仿，一直笑到脖子僵硬。很多很小的快乐，只有我们自己懂得。煮饭的时候，我们把头探进米桶里唱歌，圆形的小木桶立刻有我们欢乐的回声。我们都心照不宣地闻到米桶的味道像是母亲身上散发的味道。

去遥远的山边上劳动，从山体滑坡上捡来一棵杉树，有毛茸茸的树冠。我们共同的理想却是不想让它长大，因为长大会失去原有的形状。后来这棵杉树，背道而驰长成一棵大树。用手机遥遥拍下它刺探天空的树梢，在遥远的北方接收到它时正值暑假，南方绵延夏日的傍晚，耳边涌起无数蝉鸣。树的顶端，天空拓出一方幽蓝。

在母亲解释刚刚发生的一件引发我们不快的事情时，当得知事情原委，泪水从他的眼眶夺出，像河流支解的冰，池中化散的水，缓缓流入心田。那是母亲给我们十元钱去集上买鲜肉的那天，转折却是从我遇见了同学开始，跟人一番谈天说地就忘乎所以，拎肉的手不自觉就失去了大脑掌控，回家后还浑然不觉，母亲问起，我才恍然大悟，这块肉是怎么走失的？记忆的链条就像打上了马赛克，怎么也衔接不起来了。回想这一幕幕时他转过身去，我记得他脸上盈满清亮的泪水，我追悔莫及，无法让时间倒回。却只为这样一件事，就掀起了我们心底的波澜。母亲虽然没有责备，但那是受外婆所托，那种被寄予期望却让人莫大的失望，铭刻成一块心酸的印记，突如其来的脆弱，如毫无防备的突袭。我们给家养的鸡群起了名字，又眼见它们一个个被宰割，一个个被送人，是否长大就不再示弱，是否长大就会比以前残忍？

那个夏天，犹如梦境的分场，五月的山谷，阔叶植物交织出大片阴凉。我坐在树荫下隆起的石头上，目光所及全是青绿的稻田，稻禾探出田埂的花穗微微压弯，商陆在角落结出一串葡萄样紫黑色浆果，少年在田埂上跟着一头水牛慢悠悠地走过。它长着铁色的毛发，低头的一瞬，发出青草完整被切割的声音。那是少年最爱的一头水牛，滚圆的身子，沉稳地立在田埂之上，每走一步，他就紧跟一步。风吹着少年的刘海在额前拂动，稻花起伏着，成片翻腾着，天气清朗又柔和，狗尾草也在摇头晃脑，透过睫毛的阳光碎裂在他的眼睑上。

他是那个最初得到一枚糖果就愉悦地说出糖果名称的小孩，在屋檐下一次稀松平常的玩耍，是他第一次开口与我对话。我饶有兴致地告诉母亲，就像心灵某个地方，照过来一束光亮。

女孩拽着外婆的衣尾，频繁央求外婆掌灯去母亲床边看望从大河之中来的婴儿。众人围着火塘，形容河水湍急，情势迫人，合力才截住了婴儿。这个谎言使她深信不疑，因此她张开怀抱用满腹的热忱抱拥每一个有劳绩的人的脖颈，在那个清冷得有些荒芜的十月清晨。

羊外公

　　西北角住着一个沉默的老头，他养了几只羊，我便叫他羊外公。我外婆一努嘴，作出一副不高兴的模样，却又掩不住对我轻微的放纵，脸沉下来道，不许瞎说，那是三外公。也就是说，他与我外公是同室兄弟，排行老三。

　　羊外公不爱出门，也不爱跟人说话，仿佛听不懂别人在说什么。他一出门就会看见人，见人难免就要打招呼，可他不爱说话，所以就闭门不出。除了出来筛米和放羊，他会在屋里先望一望，确定外面没人就出来一会儿。他眼里扑了傍晚的黄云，细小的东西看不清，煮饭的米里兴许有米象，就是长得像大象的壳虫。就是没米象，也一定会有稗子，混在稻谷里，稻谷舂成了米，它就混在米里。在他的小黑屋里无法将这些东西剔除干净，他艰难地迈下了过门石，对着光亮才将篮子里的稗子或米象捉了个精光。很久不出门，忽然见到光线都是不适应的，他识时务地眯缝起眼睛。

他养了三只羊，吃过早饭，就要去放羊。他走进羊圈牵了一只羊出来，但另外两只羊却赖在圈里不动了。因为他不爱说话，所以只能嘴唇翕动着，暗地里跟羊较劲，尽量让喉咙发出些声音，以显出对那两只羊的不高兴。那两只羊不出来，被他牵着的这只羊便顾及着落在后边的那两只羊，也就不往前移动。他与羊之间的绳子，拉得直了又直，但羊就像个不听话的孩子，仰着山羊胡子。有人给他想了一个办法，不用绳子牵羊，进到羊圈把羊儿赶出来。他没照做，还是沿用老办法。他的羊圈就在自己起居室的下面，四周围着栅栏板。他就住在羊圈上层的房间，他跟他的羊，保持在一个垂直的空间，这样即使不放羊的时候也心安。直线就是最短的距离，他可以近距离时时刻刻关心自己的羊。

一条小路，连接着他的起居室和羊圈，那是条极短的小路，路面上的土被踏碎，扬起了灰，还裹着羊粪球。他从这条小道上慢慢移动着步伐，仿佛十分享受那个过程。有时候，他的眉眼和脸都是弯的,仿佛也跟羊角有什么关联。他去放羊,其实就是把羊拴去一个木桩上。羊儿把脖子上的绳子从木桩边拉出最远,再围着木桩画下一个又一个半径,就可以把它们牵回来了。

　　他最大的爱好就是放羊,拣米里的稗子或米象。因为略知道他的性情和喜好,觉得他应该不爱躁动和弄出奇怪的响动。所以我就在他家敞开的大门边玩,玩着玩着,就慢慢过渡到了他家的门槛,尽量让人看起来我是不经意就跃入了他的房间。如果他并无愠色,便又前进一点,这样就快到房子中间了。看见他在吸烟袋,烟杆隐没在黑暗里,只有地上的烟袋锅在一闪一闪。嘴吸出来的烟雾很熏人,让他微微闭上眼睛。但他也不让开一点,只管让烟雾在嘴边腾起一片云图。

　　他的房间果真是黑,即使开了灯,那五瓦的灯泡也只能算半个月亮。我也从未听见他把什么东西打翻了,他习惯了摸黑找东西,忽然亮起来,反而看不见了。

　　在他身后,有一张桌子,贴着墙壁摆放,覆盖着松树毛燃过后的灰迹。桌子是黑的,最亮眼的就是这个闹钟了,这个闹钟在整个房间也是最亮的,我甚至在门口就看见它了,它亮晶晶的样子完好无损，在画好的圆圈里走着，有条不紊，是这个房间唯一的现代文明。因为保护得好，一点灰尘都不落，外面的时间是几点，指针就指向几点。我端详了这只闹钟半天，他便由此打开了话匣，他敲敲烟袋，就好像震动一下自己的脑瓜。他终于开口说话了，问我几点了，我看一眼闹钟回答说四点五十五了。我刚刚学会看闹钟的时间，心里还有种自豪感，我尽量将时间回答得准确无比，好让他满意。这样我能做什么呢？恐怕就是趁他不注意，往两块塌陷的木板上跳几下，或者继续探究这黑屋里有什么奇怪的东西。

他坐的那个座位，是一只半人多高的木桶，劈出来一块缺口，他恰好就坐在这个缺口里。我对这个木桶实在好奇，因为别人家有凳子或椅子，却不曾有这么个座桶。他爱惜地放上一团稻草，稻草压得都碎了，像一只蒲团那样铺着，反而像精心拾掇过似的。一件棉衣，绽出了旧棉花。旧的不要紧，又不穿在身上，是挂在桶上的。有时候，他不在这个座位上，我便像老鼠一样猫过去，在桶上面蹦跶两下，体会绝无仅有的快乐和惬意。

但只要他一出现，我就早早停下来让出了木桶，让他觉得这个位子应该是他的，他想坐上去一点也没耽搁，就像别人从没坐过它一样。我才发现，座桶中间还捆了一圈粗韧的稻草绳，他身上也捆了一圈这样的稻草绳，跟木桶一样箍住，防止散盘了。

木桶就摆在桌子前，要走到木桶这里去，需要穿越大半个房间，塌陷的地板踩上去像装了弹簧的跷跷板。趁他不在，我赶紧跺脚跳几下，灰尘比我还欢快。他忽然从房间某个角落冒出来，以为是我要捣蛋，意识到我会把桌上的闹钟跳下来。他嘴唇翕动着，发出一连串的你。

直到外婆叫我去吃饭，我才一溜烟跑出去。外婆问我去哪了，我一说起羊外公，外婆就对我扬起了手掌。外公听我这么叫，脸上却没有来气，反而露出了道破羊外公特征的神情。羊外公腰上捆着稻草，我喃喃地说。用陈述的语气说出来，我既抛出了问题，又没有向谁提问，无论谁回答我也不会挨训。他穿的棉大衣没纽扣，外婆说。难怪他把稻草绳捆得毫不松懈，原来是把草绳当纽扣了。"屋里哪儿没有几颗纽扣？缝几针上去那才多大会儿工夫，非要用草绳"，外婆转而对外公说。

"他嫌扣纽扣麻烦，绳子一捆才方便嘛"，外公翘着胡子说。见外婆没做声，过一会儿，外公又严肃起来说，就是懒，懒又没人管，就无法无天。外婆既疑惑又见怪不怪，屋里没个布条吗？要用稻草索捆着。这下我明白了，布条不是要去找吗？稻草不用去找，遍地都是。座桶上就有一团啊。

隔一段时间，他最疼爱的儿媳妇就会跑来问他有没有需要缝补浆洗的，他用一字不吭表示没有。儿媳妇忙着呢，家里好几个孩子，还要服侍好几头牲口，儿子又在矿里工作不在家。只要他表示没有，儿媳站在过门石上重复一句"没有啊"就走了。

想起上一次我在地板上跳，羊外公对我说的话，就像呵斥跟他拧着干的羊。我知道为什么他不爱说话，因为他还口吃，话说不清楚，还要引起别人嘲笑。外婆对着西北角叫我吃饭，我就转头回来了。见饭桌上空着张口就问，饭不是没熟吗？她说，不把你叫回来，你就要在羊外公家讨嫌。我立马来了精神，反问她，羊外公？哈哈哈。外婆立刻犯了大错一样，你三外公。你这孩子真是逮着一件事不放。上次外婆做一锅面，好久不吃面，大家期待着面条滑腻的口感，外婆把白面从好几层的塑料袋里取出来，煮上后捞出来，又给面里放了油又放了盐，又撒了葱花。轮到我吃时，问题就来了。外婆，这面里怎么有虫啊？外婆的面早已经吃完了，外公也吃了一半。白崭崭的面虫，只要筷子往上一挑虫子就像荡秋千一样浮在面条上。你这孩子，吃东西还挑三拣四。我怕外婆觉得我冤枉了这碗面，就拿给外婆看。外婆见了虫，不仅嫌我嘴巴多，还要嫌我眼睛就只管盯着这些看。"咦，要缝衣穿针时，谁说的就我眼睛亮，一穿就准。"外婆让我把面留给她吃，可我不罢休地说，这都有虫子了。外婆分辩，有虫也是吃了面的虫，就像桃子虫吃了还让人眼睛亮呢。以前我还真以为吃了桃子里的虫会治眼盲，咬一口桃肉，见虫就在桃肉里边拱我心都麻了，妖怪吃了孙悟空变的小虫还要肚子疼得满地打滚呢。我见了虫就嚷嚷，外婆就说吃了桃子虫眼睛亮，我只好倒抽一口冷气，觉得那活灵活现的虫子好像药引子似的也没那么恐怖了，就当它是会蠕动的桃肉。如果不小心吃到肚子里去还能让眼睛雪亮呢。门口的乌桃熟了，虫子吃了一半，外婆就吃剩下的另一半。粮食怎么能说扔就扔？就算舍得扔掉面，也不舍得放下去的葱花和油盐。争论一圈后，外公把这碗面吃完了。外婆才嘀咕着不得不承认，这才放了半年就生虫了。

我又去羊外公家玩了，连着几天我都像只猫一样陪衬在他和他桌上的闹钟之间，他愿意跟我说说话。但说了什么，我却始终没怎么在意。我的注意力都集中在那只座桶和闹钟上了，加上他口吃，还叼着铜烟嘴，含混得我一个字也没听清，但我们却这样含混地进行了好几轮对话。他知道我围着他，是因为他身边的闹钟。他看我止不住盯着它看，便把闹钟从桌上认真取下来，拿在手上很有些分量，他眉眼弯曲地笑了，他的眉眼果然是弯的，就像十二月的月亮，细得只有一条缝。见我不敢拿，他在闹钟上摁了两下，闹钟突然发出轻快的声音，播报现在时刻几点几分。我摸了一下，那闹钟却一点反应都没有，他有些自鸣得意，觉得它并不听别人的使唤，让他得到几分安慰，他的脸蒙了尘，像一弯没有打扫过的月亮。碍于他会心疼闹钟，担心别人会给摸坏了，所以我不敢再伸手摸了。他站起来，要去剔米粒了，从他身上立刻袭来一股烟味。人越老身形越模糊，气味却越重，似乎到这世上只剩一股气息了。他的棉大衣被烟熏得蜡黄，衣襟两边像沾了糨糊一样，即便是有纽扣也扣不上了，用稻草绳捆上不失为机智的做法。

有时候，他头戴着一顶牛仔帽，站在过门石上淘秕谷。外婆说，不出门还戴一顶帽子。不用说外公都知道是说谁。夕阳才不管那些，把他的身形勾勒成一幅剪影。他一粒粒往外拣那些谷粒，但那些谷粒太多了，要拣上半天。那塑料篮子是专门用来淘洗的器皿。他一边拣，米粒一边往下漏，漏的都是比秕谷小许多的米粒。挑拣完就去水边清洗，外婆去沟边洗衣服，见水底发白的一层，第二天忍不住对他说，你这篮子漏米啊？下回他就不用篮子盛米了，他不是怕漏米，而是怕回答别人的问题。

　　他把篮子换成盛西红柿，这回胸有成竹地来到沟边，也许是他不常出门的原因，路过的人想看看他在做什么。居然是一篮青的西红柿，那人对他说，你家地边有好几天就明显红了的西红柿，便问他为什么摘青的回来吃而不摘那些红的呢？羊外公也许是想说些什么，证明自己的逻辑，他终于让人倍感意外地说话了。因为掌握了充足的论证，他哆哆嗦嗦地说，不把青的摘回来吃掉，等那些青的再变红怎么吃得完呢？这人想想竟不知如何作答，一时就被噎回去了，不爱说话的羊外公终于赢了一次。

　　有时候，他遇见人，会把你字吐上半天，也就没人能继续跟他说下去了。他一直沉默，在祖父那辈排行老三的位置也一直被忽略。他有好几个儿子，也仿佛因为这个原因都不爱跟他说话，生下这些儿子各自为家后就杳如路人了。

　　即便躲在房间，厄运该降临时也会降临。他最疼爱的儿子，没在矿上出意外，却在退休那年在一场车祸中死去。大家没有把这个消息告诉他，因为他不爱说话，也发表不了什么观点。但这个人终究是没有了，却跟他是有关联的，总不能一点消息都不透露给他。在他最疼爱的这个儿子发丧的前一天，有人走进他黑黢黢的房间通知了他。他坐在那里，表情并没有明显的变化。过了一会儿，他才微微意识到什么，翕动着嘴唇，眼睛挤成一条缝，就像一只猫不小心走进房间打翻了他的闹钟，只是他没有站起来做出制止它的动作。

　　他还有好几个儿子，就像他锁在抽屉里不曾翻出来的物件。虽然这几个儿子不是他最疼爱的那一个。消息是他其中一个儿子告诉他的，他是一个看上去说话一点也不吝啬的人。每次大老远见到我，都要刻意收起微笑，说知青下乡来了，把我的出生年龄愣生生提早了四分之一个世纪。这是他的习惯，他爱跟人说话，还兼具一些幽默，他从小得到一个名字叫"厌部长"，就是从小讨人厌遭人嫌的首领。我时常到他家去，他见了我就说些让我听不懂的话。但我从来没有发现他们父子俩见过面，简短会晤也没有。他们住得很近，只隔着一面墙，中间还隔着一条容纳两只羊并行的过道。但他们从来不到那里去，就像中间隔着汪洋大海。也许他们天生明媚的性格并不适合闯入局部的黑暗。

Sui
yue
feng
hua

第

（肆）

章

田园将芜

摘油茶

农历八月间,羊峰山脚下的人们就要爬到山顶摘油茶。到了季节你不去摘,茶子便自行落下。假如一颗茶子就是一滴油,每滴油都是自己的血汗,看着树上这些果子又还给了大地,岂不是心在滴血?

摘茶子是件稍显轻松的事,但茶树生在高山野岭上,一口气爬到山上,把一担茶子悉数摘下来,再送回村庄,天就黑透了。即使一家人忙一整天都干不完,那段时间家家户户都在摘茶子、送茶子,要持续一周左右。有时路上见到一个人,简单一聊就知道是去干同一件事,像有了竞争似的,便手脚不停地爬到自家山头自顾不暇地干起来。茶子大小跟玩过的弹珠差不多,外皮油润青红,随手往筐里一

丢，茶子外面有层壳不怕摔，"丁零当啷"的一响，有种奇妙的满足
感。除此之外，小孩是体会不到它即时的好处的，因为从采摘到晾晒
再去皮榨油，至少也要三两月，过程烦琐到没有其他事情能比。这果
皮本身就有重量，含的水分比油还多，一担茶子比一担稻谷还重。母
亲便把父亲也叫上，那几天又放了农忙假，父亲也有了闲暇，想找个
像样的借口都难。那就到山上跑一趟吧，既然去了也像模像样担起了
箩筐，腰间系上了采摘的包袱，带着我们出发了。

　　山上油茶树，大的有锅圈大，小的只有两指粗。大人爬去大树
上摘，小孩就在小树边摘。等摘了一箩又一箩，父亲便担起箩筐下山
了。我便能忙里偷闲一会儿，扯根草茎当吸管，去找棵低矮的树，看
哪朵花迟迟没有结果，好吸它的花蜜。花间那点蜜粉不过是昨夜打了
露水残存的一点甜蜜，吸几下感到索然无趣，就不吸了。荒山野岭没
一个人，只能摘油茶，找到一棵结果密集的树，正摘得昏昏糊糊，大
人一声喊有八月瓜，眼睛豁然一亮，立刻来了劲，扔了藤箩一路小跑
过去。只见一棵老茶树上八月瓜横七竖八卧在上面，不仔细看还以为
是油茶树结的果。大人用摘油茶的木钩子用力一勾，就连瓜带藤扯了
下来。就是可惜这瓜藤被拦腰扯断了，让它保持原样还能给它省点力
气再往上爬，兴许明年还能见到这一窝瓜呢，但大人已经将它勾下来

了，也就顾不上怜惜了。最大的一个长在最下端，已裂开了柔软的皮瓤，被什么鸟雀啄去了大半，鸟雀才是这片山头真正的主人。其他的就像家中按序出生排列的兄弟姊妹，模样一个比一个生涩，摸着硬邦邦的。其实八月瓜是没有多少肉的，也就是初见时一喜，紫白的瓤里多是些密密匝匝黑而亮的种子，鸟吃了它的种子到处飞，嘴无法将它磨碎，一粒籽就是一个后代，山林里处处都间杂着八月瓜藤，想必就是这鸟的功劳。但瓜藤一般要长成指头大小才能结瓜，所以山上还是苗多瓜少。它喜欢在密集些的树林里藏身，开花的时候紫红的花朵组成一簇伞房花序，就像挂着一串泡发的木耳。看见它果子的时候往往落去大部分叶片，有时候还没见到枯瘦的木质藤茎，只见一只模样不大的瓜挂在树上，便想方设法弄下来，手背让荆棘抓了条缝衣针走线般的血印也是常有的事。至于八月瓜有多美味也不尽然，就是给那些无聊空乏的日子找点乐趣罢了。

树上即时能吃的有茶蒲和茶片。茶片也叫茶耳或茶瓣，山茶树有的叶子会长成肥厚的肉质茶耳，像多汁的菜叶一样微微的甜，不过茶耳只短暂地出现在春天那一小段时间。小的山茶树一般没有茶蒲，大的山茶树似乎更慷慨一些，大树上往往结十多个大小不等的茶蒲，生在枝条的最顶端，有的绽开像团白棉花，有的像一枚带尖儿的白桃，半生不熟的裹着一层桃红色油皮，成熟后红皮逐渐脱落卷曲，露出光滑细腻的乳白色肉质。茶苞只有外面一层皮肉，里面悬空撑着一个类似伞形花序的芯。我们很小便得出经验，矮小的茶树上容易生茶片，生了茶片的树上绝对不会有茶苞。

有时要到山上摸一天茶子，早上带了饭出门，我跟母亲就要在山上吃午饭。荒芜的山坡上没有别的事可做，还没到中午我就急不可耐把饭拿出来吃了。见两手乌黑，也没水源，就随手折了根柴火棍当筷子，撇去枝杈，顶多朝搓下来的树皮吹两下。大人见日头已高，也就跟着过来把饭吃了。惶惶山岭再没有别的东西，几人席地坐下来，用木棍扒着饭粒，有种靠仅有的食物相依为命的感觉。

有时候摘着摘着，猛地见树下一窝黑虫在蠕动，心想估计那是去年无人采摘自行落下的油茶腐烂在地上导致的，看得人心头直麻，宁愿舍弃旁边那棵树上的油茶。若在我吃饭前看见，我肯定就不想吃饭了。看来与山野为伴，也不全是好的东西。

一次，这面山上的茶子已摘空，摘着摘着就来到了山的另一面，看得见坡下的人家，山之间的空隙出现了远处的村庄，收眼回来忽见两座并排的坟立在坡坎下，盖着黄土，只隔了几十米的距离，那新鲜的黄土向人宣示着似乎才刚离人世不久。坟冢上面还倒扣着一只撮箕，当地有不满六十岁去世是化身子的说法，在坟头盖一只撮箕罩住。我依稀听过那是一对汪姓姐弟，想不到忽然见了却是我一个人的时候，比从村人口中听到的传言还让人惊异。其中的姐姐跟家人产生了分歧，好像是为一场婚恋，想嫁的和要嫁的不是同一个人，虽是好意的逼迫，但一时想不开就吊死了，去世时才二十二岁。这个家似乎是祸不单行，弟弟去世那年也只有十九岁，那天他母亲在河边洗衣服，快下雨了，他想起母亲出门时没有带伞，便赤着脚前去送伞，伞没送到，走在路上一道闪电下来他就倒地了。在当时听来，是有些颠覆"三观"的。雷打的不该是那些忤逆子吗？去尽孝的路上却被雷一击毙命，这雷也有不长眼的时候。因为知道些缘由，便对那两座新坟多看了几眼，忽然有东西从我眼前一晃，在我眼前斜着跑过去一只土黄色小狗，眨眼就钻进了旁边的草丛。我定睛一看，却不见了踪影。这草丛长着挤密的灌木和茅草，鸟都飞不进去，我一时惊得下巴都要掉下来。我慌忙去找父亲，告诉他我看见一只狗子从我面前跑过去了。我父亲正在一棵大树上忙着采摘，见我一副紧张害怕的样子不像是说谎，他脖子兜着半包茶子连忙从树上蹿了下来。我父亲不信鬼神，也不信邪，我跟着他走去了另一边，从头到尾他也没问我发生了什么，但我突然惊慌害怕的样子，他还是看出来了。我后来跟别人说起这事，别人都将信将疑，以为我编了个离奇的故事，我也只好说服自己是因为害怕所以看花了眼。

以前在山上也不是没见过坟地，山村里的居民甚至无坟不居，倚坟而居，很多人家几步之遥就是一座坟，或者一片坟岗，人们早已习以为常，好像那土包就是一个旧人的故地，是他曾活于世的见证，只是不再同人说话。我家屋檐下走几步就是一座坟，清明节还有人挂青，飘着一缕白，任怎么回避也能看见，尤其是天幕拉黑的傍晚。居住的地方是坟，菜地间也是坟，去浇灌菜地，还要靠在坟地边休息，但那些死寂的地方却都泛着活气。没有哪一次有那回在茶山上碰见的一幕让我感到不可思议，去那个山包上摘茶子从此蒙上了一层挥之不去的阴影。

茶子摘回来就倒在一个空地上了，渐渐堆成一个山丘，四周用几根柴火棒围着，过几天才摊开。摘茶子还是有几件小事可回味，那就是等到冬天下雪堆雪人，用剥光的玉米棒子做雪人的鼻子，用两片茶壳儿做雪人的眼睛，用弯树枝做它的嘴，雪人立刻就有了立体的眉眼。自从摘了茶子回来，就好像完成了一件大事似的，寒露过后很快就是霜降，相对有了在家的时间。茶子回到家就等它自行风干裂口，露出里面麻黑的果仁来。一颗茶子里面有好几颗果仁环抱，相比去山上采摘是一动，在家挑拣分离壳仁就是一静。

趁着挑拣茶仁的时候，母亲讲了一个身边的故事。她的大伯母是一个旧时懦弱的女子，嫁人作了新妇依然还是别人盘剥的对象，被公公管教得十分严厉，干了一天活回来，剁完一堆猪草已是深夜，还要让她再摸黑捡一背笼茶仁，也不给她点灯——省油。那真真是摸出来的一背笼茶仁。母亲的用意或许是激励我们干活，意味现在比摸黑要好很多。

如果是白日黄天，不摸黑的情况下，就像地上抓石子游戏一样，拣茶仁还是有几分玩味的。看着一堆茶籽纷纷脱了壳儿，再把它们从地上捡起来分离，手里不断地做着重复归类的动作，内心会生出一种井然的秩序感。在小学二年级时，我读的小学实行勤工俭学，放假几天后回校每人交一份茶籽。等壳仁脱落分离后，在一个晴天的下午，学校就组织大家在操场上集体劳动。那时干活不带劲，也没有掌握其中有什么技巧，到放学时好几个同学面前还有一堆，眼看太阳快落山就要误了回家，便悄悄给相邻的同学分出去一些，这当中自然也有我，反正他也看不明白，一会儿也就手脚麻利地当自己的弄完了。

在教室坐着时，窗边的小路上时常有壮年男女相约去老界上，那是最遥远的山，山路多又陡，都是自家的油茶摘完了，去老界上找野生的茶树来摘。野生茶树一般不会密集生长，都是东一棵西一棵地长着，大概要走好几片山头，一天下来也能把尼龙口袋装满，在背笼上横着背下山。

天真正冷了的时候，别人手里拎着一只漂亮的小火炉来上学。我跟父亲说，父亲头也不抬地扫了我一眼。饭后他就亲手给我做了一个火炉，用他废弃了的漏砂眼的小耳锅，锅底结了黑絮，里面竟然放了半锅茶壳儿，正冒着青烟，跟别人手里亮铮铮的小火炉形成了鲜明的对比。我一看就呆住了，脸拉得巨长，真是失望至极，亏他想得出啊，用废弃耳锅做火炉不说，人家烤的可是无烟的木炭。

到隆冬时节，没有柴烧了，就用茶壳儿当柴烧。用它熏腊肉，烟熏得昏天黑地，年轻人一阵呛咳，抱怨一句就推门走了，留下老人闷头闷脑地在里面晃着，像块老腊肉一样。挑拣好的茶仁铺在大竹垫上再让它见几个太阳，便送去了河对岸的油坊。河对岸拐弯的地方有个老油坊，就坐落在河岸上，柴木色的房周围长了些野生芦苇，绿荆条一样遮住了房舍轮廓，很让人迷惑。我跟在大人后面穿过了层层稻田前去榨油，回来也能帮忙拎个行头或者小油壶什么的。

几担茶子也只能榨出一提壶油，可食用的比例之低，只能连茶仁壳儿也一起变废为宝利用了。经过压榨，茶仁壳儿最终凝成一大块蒲团似的茶枯，边边角角还结着稻草。用锤子敲一块下来打湿了水，人们就用它洗衣，更有甚者用它洗头。我不明白，茶枯不是含油的茶仁壳儿压榨成的吗，怎么就能用来洗衣？难道是以油去油？功效相当于以毒攻毒？将它在粗布麻衣上涂两下，淘洗几遍油污确实就干净了，用来洗柔软细腻的布料就不尽详说了。茶枯最后的用途是用它烧火煮饭，竖着在火圈下面放一块烧着，映得整个火塘都是亮的，茶籽的一生到这里也就走完了。

很多年过去了，我再也没摘过油茶了。听说山上的茶树被砍掉了，广泛种植另一种作物。我在心底惋惜，在几十年祖辈留下足迹的地方，即便当时筷子粗的茶树，也该有碗口那么大了。人们见势就纷纷效仿，几年后作物没了势头，人们就想起当年的茶树来了。后来听说在长大茶树的地方，又种上了小茶树。以前见满山的松树和柏树，还惊叹是怎么长上去的，大人便说那是许多年前飞机播的种，心中便流露出一种无以言喻的自豪感。如今没有人去茶山了，山上堪比原始森林，但要恢复曾经的光景，小茶树们可能要赛跑了。

山村纪事

墙根下的柴火逐渐空了，一只母鸡蹲在里面，没有了柴火遮挡，这窝可谓家徒四壁。捡柴是为了什么呢？围鸡的窝，让母鸡继续在里面生蛋。等它不生蛋了，就领出来一窝小鸡。刚生的蛋还是热的，瓷白的蛋壳光滑照人，贴着脸感受那短暂的温度，心里也有了融融的暖意。刚生了蛋就去扒它的窝，母鸡受到惊吓跳出来，"咯哒咯咯哒"地叫着，嫌人破坏了它一桩好事，跟人一样红着脖子骂骂咧咧走开了。

捡柴只在晴天和阴天，下雨天是不去的。一是山高路滑，柴火淋湿了背起来格外沉重。再就是树林里到处都是湿漉漉的，打了一身湿不说，摸了柴火上的碎屑还会两手发痒。

　　找来一个背笼，一把弯镰刀，叫上跟河就出发了。她是个不会说话的姑娘，年龄大我几岁。我朝山这边一指，她点头表示同意，有时候是她朝山那边一指，我同意，便很快一同进到那片山里，沉默无声地干起来。

　　整个过程不说一句话，我也不觉得寂寞。除了不说话，她跟一般人没有两样。寂静的林子里只听见切割柴火的声音。一刀一根，碰到好的刀，刀口快又亮，一刀下去能割好几根柴火。碰到开花和结果的柴火，我们是不会割的，就让它长在那里。有时候捡着柴火就发现了一株野果，单手扔了镰刀，双手匍匐在野果上。不经意就有一株羊屎苞跃入眼帘，那树长不大，始终半人高，像专为孩子而设。有好几颗红了，还没熟的就留待别的孩子发现它。放在舌头上咂巴几下，品尝了滋味，就把枣一样细尖的核吐了，所以羊屎苞的树从不长在深山，就随地长在路边，怕小孩找不见似的。向阳的荆棘里还长了三月苞，小灯泡一样挂着，枝上往往留着几个空的"灯座"，那一定是熟了让人提早把"灯泡"摘去吃了。山边坪地里还会长一簇火棘，这树枝没有一处好惹，就像护崽似的，浑身都是刺，果子却像迷你小灯笼，红得流光溢彩。吃一阵后，我们就往衣服口袋里摘一把，等着回去打仗伙，就是站老远往对方脖子里扔，当子弹火拼。

除了吃的就是看的。这山坡上还有淫羊藿的花朵，无人知无人识，横七竖八地绽开得像螃蟹的脚。野梦花从冬天陆陆续续开到春天，靠近时就像给后脑勺都涂了香水，那香味被整片山林一稀释就似有若无的了。吃的看的都有了，难怪要来山上捡柴火呢。一片枯瘦的石脊上生了一簇簇金丝桃，脆干的枝上生着长卵形叶片，就像花枝上歇了一群黄蝴蝶，我们见了也不会割下来，留它在山坡上，增加捡柴火的动力。

我喜欢割些叶片光亮的柴火，便割了许多矮零子，它的叶片椭圆形，细小又光滑，邻近的人都叫它"野鸡刷子"，就像野鸡身后拖着的一丛羽毛。把柴火放在墙根下等它干透了，准备搬些生火煮饭时，才发现那些"羽毛"早就掉光了，成了那只下蛋母鸡自然而然的窝。这些矮零子一丛丛就长在路边，不用走远就能割一大丛。

相对我在容易够着矮小灌木的地方站着，跟河弯着腰一声不吭地站在荆丛里或者一块石头边。由于石脊形成的天然阻碍，在它缝隙边长了许多柴火，比其他地方的粗壮，叶子也少。她一根根把那些叶少梗粗的柴火割下，铺在一根藤条上面，看似随意的一放，根部却都一匝齐。每根柴火都被收拾得匀称妥帖，一点不显冗余的样子。我的看起来却像经历过一场暴风雨，七零八落地露出了难看的切口，不仅模样难看，由于没有码放整齐让柴火之间受力均匀，藤条用力一拉就散盘了。跟河弄完便看着我整理那些参差不齐的荆条，等着我把它们捆好背走。刚把柴火弄齐整，藤条又被我用蛮力扯断了，让我好生着急。她转身从荆棘缠绕的地方找来一根细长的藤条，铺在我的柴火下，将藤条细的一端旋转一下，扭一扭，让它的纤维具备韧性，再小心地弯折成一个环，粗的那头藤条套进这个环里，再扭一扭，将藤条多余的部分扎进柴火中，她大功告成了，把我的弄得跟她的一样好了。她帮我把柴火推到一个土坎边，往肩上一掀，我们各自背着一丛绿油油的柴火走下山。

有时候我们扔了背笼和镰刀，只拿一根木棍就进山了，这是捡柴火延伸而来的好处——捡蘑菇。如果不是去捡柴火发现有蘑菇，到现在还蒙在鼓里呢。当地有句谚语说，一到四月八，山上蘑菇发。跟捡柴火不同，捡蘑菇那天是雨天，雨水才能促进蘑菇疯长。一进山里，灌木丛的露水打得人一身精湿。进山时攥根木棍在手里，方便打落跟前的露水，再用木棍将潮湿的腐叶和枯黄的松针挑开，嫩黄的松蘑就露了出来。采了好几只松蘑，身上一摸，连只像样的口袋也没有，只好掐了根光滑的草茎将蘑菇串成一串。有的地方生的蘑菇多，积满了厚厚的松针和腐叶，我们都想快一步到达，往往是我们谁也不甘人后。她掀开润湿的草丛就见到一窝嫩黄的蘑菇，她用那喑哑得几乎听不见的声音"呜哇"叫着，向人传达着她的喜悦。而我别说松蘑，就是个剥皮菌的影子都没见到，很是闷闷不乐。她发现我两手空着，用木棍不住地抽打着脚边的草茎。她灵机一动分给我两个蘑菇做"诱饵"。按照这个奇怪的公式，我很快就找到了松蘑。为了确认松蘑的存在，我叫她过来看，她高兴地向我竖起大拇指，忍不住一阵阵欢呼，原来它们喜欢把家安在最隐秘的地方。

关于采蘑菇还有一则传说，以前有两个高壮大汉上山采蘑菇，其中一人发现一只鲜艳的巨型蘑菇，有家里的煤炉子那么粗。他心里有些害怕，连声叫另一人过来看，这人走上前去，对着巨蘑一脚踢过去，眼前的巨蘑立时跟木炭似的断裂，断裂处腾出一股浓烟，这人呛咳几声眼就瞎了。我那时受了些神话传说的启示，心想这蘑菇一定是成了精的，要是哪天在山上遇见这样的巨蘑，一定不要试图去摧毁它，即便是不能食用小如纽扣的蘑菇都不要一毁了之。

松蘑只有春秋两季有，然而一年四季却都可以捡柴火。捡回来了柴火就一捆捆放在墙根下，整齐划一地从大到小排列着顺序，年龄越大，捡回来的柴火也就越大。经过的时候自己见了蛮有成就感，就像看见一条年龄的增长线。母鸡的窝也垒起来了，可以安然无恙地蹲在窝里生蛋。等大人捡回来的柴火烧没了，就要去拆开我这些小柴火救急，这没完没了的活儿就要一直持续。

等墙根下堆满了柴火，再没有新柴火的立足之地了，母亲就让我把柴火放去牛圈旁，给圈里的水牛过冬。牛圈是四根柱子和几根横梁构成的框架，屋顶上面也盖着瓦，但只有一面倾斜的瓦楞，就像八字少了一撇，人的房子再简陋也还有两面屋顶呢。那是一个四面漏风的牛圈，只能圈牛，要是圈其他动物早就不知跑什么地方去了，横栏宽得能把我的脑袋堇进去，不过我才不会这么干呢，里面散发的阵阵牛粪味早把我熏跑了。牛也太不讲卫生了，非得把牛粪拉在圈里，虽然是统一拉在一个角落，好像把那角落自行划分成了厕所，但总归是跟牛粪共处一室啊。

牛吃饱喝足了，看见自己的牛圈，温顺地低头走了进去，隔着横栏，见它眼神里飘出了一丝温柔，竟跟人的眼神一模一样，可它却要住在这四面透风的圈里。夏天还好，它只需要摇着尾巴驱赶着蚊蝇，蹲在草垛上享受着穿堂风，可到了冬天，寒风就是牛皮也吹得透啊。

想到这里，我加紧了进山的脚步，又去给牛捡柴火去了。这牛圈跟在野外没什么区别，就是多了个框架圈住牛而已。我想尽可能地捡一些粗硬的柴火，不要捡矮零子了，树叶一掉光，牛圈就会无可阻挡地透风。等我削尖了脑袋往树林里钻，捡出来的柴火也没比上次的粗多少，荆棘还勾住了我，倒刺钻进了肉里。这挡不住我的脚步，回去找根缝衣针对着阳光把刺一挑出来伤口就像好了似的。第二天我把捡柴火的地方拓宽了，去了山那边更远的地方，那里有数不尽的柴火。

到了冬天不仅是牛的住处受到考验，就是吃的也打了折扣，牛只能对着干枯的稻草嚼很久。就是晚上路过牛圈，也能听见它的牙齿抽了几根稻草发出"沙沙"的声响。走过去，看它木木呆呆地站在那里，正衔着一根稻草痴痴地嚼着，剩半截稻草尾巴露在嘴边，看着更可怜了。

当我把牛圈周围倒满了柴火，还没来得及欣慰一下，豁然发现牛圈上面也是空的，没有像人的房屋那样横梁铺上了木板，甚至牛圈四周的柴火之间也还有空隙。人都在忙着为自己过冬做准备。看见别人家的窗户钉上了塑料膜，我自作聪明地想，为什么不弄一张塑料膜钉在牛圈上呢？这样牛也不怕过冬了。母亲说，你前脚给它钉好，它后脚就能用角给你顶破。人忙活了半天，结果只能让牛蹭一回痒，谁还会徒劳呢？我忘了它可是一头牛，牛的本性就是倔犟，要不然熟悉它的人为什么要把同类形容成像牛一样倔？犟到九头牛都拉不回来？人们在火塘里生了火，给自己穿上了御寒的棉衣，我想要不然给牛身上也穿一件棉大衣？人不穿了放着不也是放着，为什么不物尽其用呢，别人会不会觉得这牛太稀奇，或者我的想法太古怪？

改造牛圈的机会终于来了，有人在屋后的松林里砍树，远远就听见咔咔作响。斧头每嵌进去，伐木人和树就一齐呐喊，斧凿下来的木屑像肉一样飞溅，然后就"咔嚓"一声倒下来了。听说是人盖房子正缺个檩子，大树被人抬走做木料了，剩下杂乱的树枝被剔除下来横在路旁。母亲带我去捡回来当引火柴用，松叶细得像针，越细越不容易凋零，捡回去就像给牛圈裹上了一床床棉被。想不到一棵树的枝杈比山上捡的一捆柴火还要多，真应该多砍下几棵，去填牛圈个个漏风的窟窿。但这树砍倒一棵就少一棵，永远就见不着它了，十年八年也长不成现在的样子。砍一棵树用要下多大的决定？人真是充满矛盾的动物啊。还是去山上捡柴火吧，不拔出根，细毛柴几个月就长起来了。

（然而今天的人们早就不用捡柴火了，山坡上的路都被树丛淹没了，大山变成了绿色海洋。）

声
息

第一次出远门，外婆背了竹制的背篓。到了邻近的村庄，小路弯弯绕绕，经络般串联，外婆心中有数，晓得它们通往不同的地方。穿过一片田野，爬上一片山冈，到了山脊歪歪扭扭的小路上，走几步裤管就有路边斜出的荆棘在拉扯，没有在田野上那么行动自如。累了就歇下来，渴了就找水喝。往前走一段，扒开草丛，果然见一汪山泉，水细无声地流着，旁边的植物扯了润气长得格外茂盛。外婆从一堆虎耳草和蕨禾中间摘了一张金刚藤叶作瓢，卷起一个漏斗给我，喝完即丢下两片叶子，证明这里有人来过似的。

不知道这平淡无奇的地方怎么就有了一处山泉。泉眼很小，而且是流动的，看样子是没日没夜地流淌着，也没有汇成一片水域。外婆很早从这里路过，也不知道山泉的名字，平时无人来这里，只有路过的人来歇脚，真正的取一瓢饮。喝了山泉，自然是没理由不继续赶路。一眼望去的山路，到山那边却要走上半天。翻过几座山头，两腿就开始泛酸。路过一片树林时，漏下了稀疏的阳光，那天应该是一个温和的天气。走累了，就坐在一棵大树底下休息，那是一棵古老的大樟树，像一个老人弯着腰，须发蓬密地矗立。

外婆坐在树底下的石头上，微微张开的手臂在两端支起，好让风透过胸膛带来些凉爽。那是第一次和外婆去她的娘家，越往前走树林越密，绿茫茫的树林，静得没有一丝鸟声，只有我们的身影不断地时隐时现，跟着山体的轮廓起起伏伏。半天没见一个人，也顾不上说话。在一个山坳里，两山相夹的地方，远远见两座小木屋，天地间仿佛就这两座木屋，有种直入人心的幽静。

这屋的主人是什么人，住在这里该多么无聊和惬意。天地辽阔，心却很小很小，一座小木屋就能完完整整装下。天地这么大，好像心也会跟着无边无际扩大似的，能装下这绵延起伏的群山。

在喧闹的地方常常观察别人，僻静的地方不由得体察自己。

小木屋就是我们见惯的瓦屋，坐落在荒芜的两山之间，好像仓促间在丛林里寻得两朵蘑菇，拨开覆盖其上的枯叶，对它生长的地方，止不住静静地端详。居住在荒野，白天有多么明亮，晚上就有多么漆黑。当太阳收回它的光芒，就再没有一盏灯为它照明，那主人得有多寂寥的心才堪寄身于荒野？多年后回想，那小屋或许住着一对男女，应该不是很老的样子，皮肤还别透有光，精力还很充沛，在这旷野中他们尽情地呼吸，在绿色的树林里纵情地驰骋，以天地为媒，两个人好得就像一个人。

苍茫间，仿若生出些安全感，便开始和外婆说起话来。说的什么，也无可追问了，但应该符合一个六岁孩童的年纪。

我们要去的是一个叫作"雨禾坪"的村庄，走了大半天，外婆的步伐还很轻盈，多远的路，也只用脚步丈量。

下到一个盆地处，有一座碾坊，一条浅浅的河。一片水田上长着青青的禾苗。整幅景象就像一个幽谧的山谷，从窄小的田埂上走来一个人，便互相谦让地一侧身，能感到对方如此陌生又如此近。

来到一处村庄，外婆的步伐便渐渐稀落下来，好像在留意路上白色的羊群和似曾相识的风景。外婆说，这里便是她的家乡，她的眼眸有暖意在流淌。这是她从小熟识的地方，随即见到她的亲人和两个弟弟，外婆的两个弟弟，分别住在上下两座房子里，我便能在这两处房子间自由来回。

外婆最小的侄女就要出嫁，在家中斟酒。远方的小客人，怀里揣着一只小兔子一样兴奋。门楣上贴了红喜字，很多人来到主人家帮忙。只记得那些人一个也不认得，但非常和蔼可亲。没有小伙伴，我便跟在大人后面玩。

外婆的大弟弟，给了我一大串醋萝卜，让我光着吃。这道小孩最爱的小吃，被当作酒席上的一道菜肴，用一只大木桶盛放。舅爷家的流水席自制了很多这样的菜式，专为客人食用。看我大口喝水解辣的样子，舅爷说第二天要给我烤一只又大又甜的番薯，让我早早起床。在主人家客居的晚上，新鲜又使人难忘。各自睡下后，舅奶关掉了灯，房间顿时陷入一片沉静，四面涌来的黑暗像水漫过脖子一般。每晚我都要央求母亲在我睡着后再去关灯，此时又不能叫醒一旁熟睡的外婆。乖戾和偏执左右围剿，只得忍耐，在困倦中睡去，醒来时已是天光大亮。

等我起床来，人们已经散了，新郎也走了，我错过了舅爷的大番薯，不免失落。

想起昨天傍晚见过的那位新郎，穿戴一新，过门槛时都格外小心，生怕新泥弄脏了开衩的燕尾服。舅爷却还笑着，应允着给他的小客人烤一个最好吃的红番薯，嚼起来就跟板栗的味道一样。

外婆很少出远门，除去赶集，平日都在附近山里劳作，跟外公早出晚归。每天不是在屋后的山里捡柴火，就是在门前的田垄间锄苗，只要我一叫她，她就会在一茬一茬的菜架下应声，然后满面笑容地走出来。我们来了，外婆就把要干的活儿停下了，一天不再出门，留在家里烹饪，让我以为她要干的永远只有我见到的这么多。

外公每天不是在给门前田垄边的菜地浇肥，就是去后山里挖柴。他背着粗箴背笼，肩上扛一把半人高的铁锹，一个人去了深山。外公不捡细毛柴，也不捡粗梗柴，别人把树砍去了，留一个树篼没人管，他去了就连根带土挖回来。树篼经得起烧，一个树篼能烧几天，燃烧后的火子亮瞎瞎的，就像一堆断裂的金子般，丢在一个废弃罐里，一会儿就闷成了一块块灰不溜秋的黑炭。这样的黑炭平常也不舍得烤。

每天挖的树篼柴，就堆在屋檐下，越垒越高，与楼上的房间一般高了，成了一道结实的墙。就是这么一堵树篼墙，外婆也拿它派上了用场，晒上了竹匾，竹匾里摊晒着从地里扯回来的菜干。有时候是一抱花生，等太阳将它收干了水气，我便站在木楼的走廊里抓一颗在嘴里嚼着。我最爱干的应该是咬一口糖高粱，吐一团渣，用力扔向前面匐匐而去的水渠，看它被水流击散漂远。甜高粱是自家种的，这东西长得像甘蔗，没有甘蔗粗，但梗子绿绿的，用嘴剥皮，一不小心它的皮就会化作锋利的刀片让你的嘴唇接连冒出两颗血珠。但也没见谁因为割破了嘴唇而不去嚼它，它的甜味似乎大人也无法拒绝。

太阳稍一露脸，外婆又给柴火墙摊上了簸箕，只要一场山雨袭来，簸箕里本来晒蔫儿的菜干就像绿毛虫复活。这天鬼使神差，我站在木楼的走廊上嚼甜高粱，给外婆晒的簸箕里吐上了高粱渣。不知道我在这种单纯的抛物投射的一来二去里找到了何种趣味，外婆说了一回，我还屡试不爽。见我执拗不改，她脸色一变，语气十分严厉。我很少见她生气的样子，这一下彼此都触碰到了底线，我试图从她家出走，放话要回自己家去。天将要黑，外婆生着气也没拦我，我一人快快走在门前的水沟边，夜色压黑了门前的小路，黑暗中的物体都是不明朗的，就像前面的路，看什么都有点胆怯，但我无法回头。乌漆麻黑中见一个高大的黑影迎面走来，是外公扛着铁锹从后山里回来了，我才半推半就跟着他回来。

我不再给簸箕里吐脏东西了，只是那两天看着柴火架上的簸箕就有点别扭，就像心上被高粱皮伤过一回似的。外婆又给柴火架添了新东西，用一只木桶种了一片仙人掌。那薄薄的一片带刺的东西插在土坯中央，显得木桶很大很可惜。过了一阵，那仙人掌绝不让木桶屈才似的疯长，长成了繁杂的一片，开出拉拉沓沓的一串黄花。

外婆种花不多，除了水沟边的一大片芍药，最擅长的还是种菜，做时令的小吃。她深得技法，做起来娴熟有余。每次她都会做两家人的，给母亲省去了很多麻烦。清明时节，家家户户把糯米碾碎，摘来艾蒿做成青蒿糍粑，青蒿只在那一段时间鲜嫩，所以青蒿糍粑不常有。这年照例吃到外婆做的青蒿糍粑，突发感慨不如往年的好了，只是孩子式的随口而出。过几天她又重做了一些专程送来，我放学时只匆匆见她一面，她急着要在天黑前赶回家。

外婆挖了野葫葱，又从炕架上割了一块陈年腊肉，细细的肉糜浸着野葱清香的汁液。少年饥肠的我，一口气就吃下三两个。望着她转身离去的背影，步履已有些蹒跚，心中突生模糊的疼痛。

外婆常穿灰布斜襟的盘扣衫，内置口袋。逢赶集，她就换上一件干净的青布斜襟上衣。见到我们，她稍一斜身从口袋里掏出一把揉得发亮的栗子、核桃，或是别的一把带着体温的坚果。掏口袋时，她面含微笑，见我们在她膝下围拢，她笑得更开了。对幼年的我们来说，她的口袋就是掏不尽的宝藏。

　　邻里有人家办喜事，主人家连放两部露天电影。屋前坪地里搭一块白色幕布，两端用竹竿撑立，人们纷沓前来。外婆不看电影，她只看那些临近村庄里来的人。晃动的影像再好看，也耐不住天色寒冷，我瑟缩着脖子回来，见她做了一个小火炉正要给我送去。心里期待的那个小火炉，竟是我与生俱来的执念。

　　第一次弃学归来，是十五岁那年的中秋。我跟着她去屋后的山下，她在这块地里种过大豆，豆苗看上去似有若无，泥地里布满坑坑洼洼的家畜脚印。见到此状，她在风里流泪，须臾用手在脸上揩干。是猝不及防的泪，眼圈上皴起一片绯红。见惯了她笑容的我，愣在了一旁。这是我第一次见她流泪，或是因为孤独，她唯一的女儿在外省务工，她老无所依，我又忽然从省里的学校私逃回来，前途未卜。那一刻，或许是她对一直坚信的土地表现出深切的怀疑，摧毁式的无助。

　　第二天一早，她说要送我去见我父亲，要把我交给他监管。在这个年龄，有很多分类词语形容叛逆时期少女。一个钟头，两个钟头，直到太阳落山，由于倦乏，她躺在废弃的校舍课桌上睡着了。醒来后，我告诉她，父亲还没来。

　　她的珍视和奉献，有许多证明，却是她自己未曾发觉的。在她家客堂的门畔上，挂着一个明信片裁成小格塞了棉花的心形香包，亮闪闪的，用一根做吊顶拉花的绿丝线串着。我回去上学，别的小孩子来到家里觊觎已久，她没让人拿走。她记得那是我将它挂在那里，就像我的标记一样。她只是言谈间无意说起，我的心里顿时充塞一股暖流。

后来那个绿丝线串着的香包焚毁在一场大火中，无据无凭消失了。我隐约担心这种爱太过短暂，有一天会如绿丝线包消失看不见。在寄宿学校的晚上，我梦见外公外婆双双去世。十岁的我在梦里哭泣，醒来时脸上有一层薄薄的泪水，摸上去已经冰凉。

时间像一条湍急的洪流，谁也无法阻止它向前奔涌。我不知自己也是这洪流中不可退却不可逆转的部分。

对外祖父母的怀念，或许是对一箪食一瓢饮的怀念，是对远去生活的追逐。是因为感同身受，所以怜悯，因为了解，所以悉知那种伤怀。记忆如一件断裂的宝石，纵然有裂痕，却掩不住从前的光华。

外婆留给我最后的印象，那天我匆匆掠过，在她门前的水沟边，她坐在堂屋的外侧。那时她身体已有微恙。我们之间，离着二十米的距离。我感觉她在朝我深深地张望，也或者仅仅是我的猜想。琐事当前，最终我没有走上前去，哪怕走过去叫她一声也没有，不知这竟是最后一面。

经过年岁的增长和生活的兜圈，我或许才能靠近他们曾经的声息。生活因铭记而永恒，我怕我记住了门口修鞋匠的样子，却记不住外婆的样子。往事因逝去越发动人，惹人怅惘。就像一棵开花的树，知道它曾经的美好，却没有收藏它的种子，也无从寻获它的根基，我的记忆最终只能无凭。

田园将芜

外婆家的园圃在后山，爬一段山路，上到山腰上。小路铺着碎石子，有核桃花掉下来，活像淡绿色的洋辣子。

山腰平坦处，有一户人家，单门独户。男女主人早出晚归，白天很少在家里碰见他们。若不是几只鸡鸭在房前啄食，根本不知有人居住。

外婆的园子四周围着竹篱，荆棘做门，一条歪歪扭扭的进园小路，留下外婆常年往来的脚步。外婆把荆棘做成的门用一根树权支开，满园的作物便收进眼底。外婆和弟弟在园篱外遇见过一条大蛇，头高高扬起，吐出树权样的信子，那是一条菜花蛇，有手梗粗。外婆朝它扔下一只鞋，它便俯卧而去。

有了这藩篱，作物好像得到庇护似的。绿畦边上，有一棵老杏树，黑色树干露出粗糙裂纹。为了母亲能吃到杏子，外公几十年前从深山里挖回来时还是一株树苗。青杏味酸，但我喜欢在它青涩的时候蘸上些盐粒，咬一口乜起眼睛，直觉得味蕾突起，口沫四溅。渐渐地，有了栗子树，柿子树，均是外公为幼年时的母亲栽植。结果的树总归讨喜一些，初夏时节，柿子树灯罩一样硬朗的花朵早已落去，翘立的花萼中间生出泛着青灰的果子，只有指头肚大小的果子总要掉下一批，从树下经过怜惜地捡了一些。中间的芯很软，用一根小棒穿起来做陀螺玩，能玩很久。

外婆来到园子里驻足观望，看作物的生长情况，我便去园子的里侧，看藩篱上的金樱子花开了没有，如果花蕊上残留些露水，便用一根管状草茎去吸食花蜜。金樱子长成一大丛荆棘，形成一堵天然的篱墙，白花瓣松松散散，连黄色的花蕊也十分袒露随意。果子像包着糖纸的糖果一样，点点橙黄，一端系着一端保留些花样，人们便管它叫"糖罐"或者糖刺果儿。小雨过后，能吮吸花蜜的还有刺花，锯齿状叶片中间开粉粉白白一片花，每年都长得极盛，开花不知疲倦，我在跟前久久地站立，被芬芳的气息陶醉，有蜂子飞来才稍稍躲开。

春光让幽绿的菜园亮了许多。布谷鸟的叫声，划破翠绿的屏障，提示人们在春光里保持一种警醒。园子里种下一片芍药，长在山野里无人赏识，待红衣落去，花蕊在秋日长成两对硬质尖角，才知花事已然错过。

土地需要不断地反复耕种，才能使之维持蓬勃生机，持续的辛劳才不会使土地陷入荒废。一段时间无暇顾及，园中便长满蒿草，荒草堆里的坟冢都淹没了。只见隆起的草堆上插着新鲜的树枝，系在一端的白纸条在泥地上倒伏着，幼小的心底暗自惊异，觉得是某种不祥似的。外婆却在坟冢上扯了一把野葫葱，挽成一个发髻状。

园子边上有一片竹林，间杂着别的树木，年久月深，荆棘抵御了人类入侵。外婆穿着平纹光滑布衣，不怕荆棘勾住她的衣角。她轻巧地砍下一棵竹子，为春播织下几只竹箩，剩余的竹篾编了一只小篓。秋天从竹林间的棕榈树上切割下来棕皮，用来过滤晾晒濡湿的菜籽，储藏来年的种子。

一天我们在园子边游玩，发现一株粗壮的"喇叭树"。外公给弟弟做过一个大喇叭，就是用它做的，所以弟弟一眼就认出它。它全身长满粗粝的刺，叶子呈小伞状，恐怕是唯一长满刺不觉得可怕反而觉得亲切的树。因为它的树皮可以做喇叭，我们便自然地叫它喇叭树，后来知道它的学名叫刺楸。一发现它的踪迹，弟弟就像守护一方宝藏一样。枝干最底下具有韧性的部分才可以拿来用，要用它做一个喇叭，就得牺牲掉一根树干。它吹出的声音在幼年时是有诱惑力的，是比"吹吹树"做的口哨雄壮得多的。用镰刀去除树干上坚硬的刺突，这会儿看去就像喇叭上嵌上了装饰的铆钉。弟弟想要一个喇叭，但并不想失去喇叭树，就站在喇叭树边踌躇不前。用干树枝将它保护起来，回望一眼，看它好端端长在那里才离开。

屋后的林子里有"吹吹树"，后知学名是化香树。树皮极具韧性，做成的口哨比刺楸做的喇叭声音小得多，只有烟卷大小。截取烟卷长的一段，在手心里反复揉搓，直到光溜的枝干从树皮一端脱落。一头削去些青皮，抿在嘴里有极重的涩味，吹出的声音呜呜悠悠的。在冬天吹吹树是不能做口哨的，小孩子一眼就能辨认，它的树皮还很干硬，树枝还未上浆。暮春时，择取结疤少的一段，做一只口哨含在嘴里吹，它给茫然无知的岁月带来些乐趣。春天的小路上，有鸟儿和小羊的叫声，有小孩吹树皮口哨的声音，给四野里增添了一丝忧郁和空旷。外婆把山笋采来，跟陈年腊肉一同煮食，吃不完的分给邻居，或是焯水后撕成条状，晒在屋檐下的晾衣竿上。

外婆去树林里采箬竹，我去找蓝豆娘。细弱的身躯，网纱样的翅膀，蓝豆娘逗留在一片绿叶或细细的枝条上，也无法带动枝叶轻微的摇晃，栖息的时候像一枚别在发间的发夹，挥动翅膀犹如孤单的芭蕾舞者在某一秒的定格。豆娘以蓝黑色居多，也有宝蓝色，两只眼睛化了烟熏妆一般，美得如梦似幻。在有露水的早晨和有夕阳的傍晚，袅袅婷婷的样子，就像侦察中的十字天线，十分警觉，一有风吹草动就从草尖上飞走了，起起伏伏盘旋，似乎对刚才那个地方还心存留恋。飞累了歇在另一棵草尖上，尾部下沉，眼珠透着不安的灵敏。

新鲜的箬竹，巴掌宽的叶片光滑平整，有竹香味。把它们一张张收集起来，清水里洗净，用来包裹点心。蒸熟的白色粉团，透出糯实的香气，外婆用红豆与蔗红糖做馅，每次都想快些吃到中间的馅。

马铃薯还在开花时，我就央求外婆挖来一些。带上小锄，挎只竹篮，我一同前往。圆溜溜的小球连着植株，淡黄的皮很容易剥落。到了丰收的季节，马铃薯可以炒着吃蒸熟吃，变着各种吃法。晒干油炸是别致的吃法，随意丢在太阳光下，天然的石块，被人们就地取材，晒上马铃薯和西红柿、葫芦苦瓜豇豆。

地坎边连着山坡的边沿，不知何时长着几棵油桐树。有溺爱孩子的，摘下几个桐子当陀螺给孩子转着玩。中间插一根木棍，可以在平地上旋转，还可以摘一柄棕叶撕碎当鞭子抽着它转圈。油桐叶的汁富有黏性，开的花却是讨人喜欢的，花形极简，白色花瓣深处托出几丝渐变暗红色，极具古典味，就像油纸伞渐次撑开的伞骨，有种初遇的美。它的花与树都有一种古早之意，但没有特别的香味。油桐果子摘来能榨油，小孩子肚子疼，大人给小孩子的肚脐周围抹一点自家的桐油。多余的桐油，外婆用一个圆葫芦形的罐子储存，或者用来点马灯。炒米炒瓜子时，在炒锅中的沙子里放一些，增加光泽度。

深秋的毛栗子从裂开的刺球中探出，一只大尾巴松鼠在栗树上散步，人跟它保持敌对关系的同时又不得不为它高超的技艺所折服。它在树干上如履平地般溜达，就像人赶集一样放松自如。它们吃饱就要在树上放松和追逐，把壳斗里的栗子纷纷震落，外婆对着松鼠击掌驱赶，它端坐在树干上，并不为之所惧。为了防止松鼠爬到树上去糟蹋更多，外婆找来一大团杉树刺扎在离地最近的树杈上，更加考量松鼠的技艺。

那些高大的树干，一个人再也合抱不过来，枝丫生长得扩出了人的管理范围，外婆再不能够爬上去，果实便自己回过头去寻找大地。在园子里轻易就能拾到一场山风带来的馈赠。弯腰拾捡，屏息静气，好像小心地寻获某种宝石似的。如果没有来得及发现它，被鸟儿衔去树洞，或是遗忘在角落，直到长成一棵大树，有一天高大到能探寻天空的深度。

人们在山地上收拾着秸秆，深秋只有几颗红脸柿子挂在树枝遥遥的顶端。外婆将地上干枯的秸秆收拢，偶尔会有一棵外皮泛红的秸秆是甜的，将它们一一甄别，嚼着那根最甜的秸秆，我跟着背一捆秸秆的外婆缓缓下山。山中小屋主人新修缮的偏房，圈着几只白色的山羊。家禽在房前屋后打鸣踱步，岁月长天，似是画屏一般。

猜
谜

北京至贵阳的列车，座套上写着"贵客"，以贵客自居的人们一脸倦容。

从北到南，火车在华北大平原上奔跑着。暮色时分，一个大大的圆盘从西边山间跳出来，红得沁人心脾。这温暖又壮阔的一幕跟脑海里印着无数夕阳的片段交叉重叠。大概是深秋晴朗的天气，搭火车远行时的情景，也或是归来的时刻，途经家乡的河码头，三三两两的游客在黄昏里渐渐稀落，晚风吹灭了沾霜的渔火，一钩弯月在水底间沉没。或是火车逆着光向后退，身心被铁皮车厢包裹，离别那天的愁绪才在心海里翻涌。料想正是家人围坐吃晚饭的时刻，而我又踏入下一段旅程，就像一页旧时光的日历不得不反复撕去。从第一次出远门，到今天再远的路也能丈量出距离，已过去十多个年头。

翌日清晨，坐在一个有些塌陷的座位上听随身听，身旁开始有人起床，顿时车厢里有开水泡面的味道飘出。插上耳机听过去听的歌，列车也像方才苏醒，行驶的速度不疾不徐。窗外不再是华北大平原冬日萧瑟的自然背景，变成了南方植被泛青的树林，铁道两旁的小楼升起缕缕炊烟，泛着潮气的田野生长一畦畦覆着白霜的油菜，光秃程度减轻许多的山峦。

即使南方冰灾的那一年，依然走在回乡的路上。冰雪成灾，但出了机舱还是感觉到属于南方的暖意。四人同一出处，坐在出租车上决定先连夜赶回县城。出租车就像一部机甲外壳，载着我们在如兽脊奔涌而来的大山中穿行。有的道路已封闭，黑夜中兜兜转转历经四个多小时。夜风从车窗缝隙灌进，不知不觉手脚麻木僵硬。冰溜的路面，稍不留神就会坠下万丈悬崖。到达县城已夜深，精神保留着一丝亢奋，身体却累得快死去。在县城仅停留一晚，第二天又活过来，年轻的血液循环代谢总是很快。

在特殊的日子里回家，就像遵循一个不变的约定。吃到母亲做的简单的饭菜，解甲归田的自由。刚下班车，弟弟迎面走来。他在短信里说，都已准备好，只等你回来便是。

年前一天，母亲在家准备好供奉祖先的饭食，米酒，还有我带回的果脯。虔诚地走在冰碴儿覆盖着枯草的路上。往年除夕前一天照例去外祖父母家里度过，只是现在不再去那个充塞人间烟火的家。往年在外祖父母家吃过饭，当晚便要回自己家准备第二天除夕的年夜饭。外婆会随我们走出来在门前送别，我们在这边走，她在那边跟着走，一条沟将我们隔开了。等我们走远了，她还站在水沟边目送。我总想说点什么，话在嘴边又咽下了，只有沉默。只盼大年初二这天到来，起早更衣去外祖父母家拜年。早上起来就把炕架上最大的一块腊猪肘卸下，剪一圈二指宽的红纸套在猪肘跟上，再放糖酒各一，就是隆重的手信。而今他们与绿树青山为邻，自是把凡事俗物抛诸脑后，只跟这方天地永恒。周围早已荆棘遍布，呈现一片杂乱的荒芜。稍稍劈出块空地，把草纸缓缓撕开，轻轻地叠加上去，拿出一张另行点上当作邮票。清冷空气里顿时涌现一团火光。

祖先是跟火塘分不开的，延续到今天，屋顶一年四季都缠绕着烟火气，炊烟在瓦缝间萦萦绕绕，天长日久，屋梁上就结满了黑色的絮状物。到腊月二十四打扬尘，连同天花板上的蛛网一同扫下来。为了春节的闲适，一进腊月就忙开了。腊月二十五磨豆腐，腊月二十八打糍粑。渣豆浆，腊肉，都展览似的陆陆续续爬上了炕架，炕架越发沉重，年味似乎也越重，坐在炕架下人们的脸上却有了片刻间的放松。

春节是唯一要留在家中过的一个节，让人倍感隆重。外婆家因为有我们来，在过年前一天胜于过大年这天的隆重，之前好几天都是外婆特别忙碌的时候，准备的年货吃食一直要吃到过完元宵节才算富足。为了过年这天的丰盛晚餐，外婆提前一个月就开始收拾，并赶集买食材。从炕架上拆下来的腊肉，在地上横七竖八躺着，让炕架顿时轻松了。甜酒已酿成，花生瓜子也已烘焙好，碗具锅盖都刷得锃亮，一切收拾停当。花生瓜子甜酒等零食在那几天吃得格外多，格外腻。烟花爆竹的碎屑在院子的边边角角散落很久，还残存着节日的余兴。那些吃不完的零食，过很久又继而从外婆的口袋里掏出来，原来是她留存着，积攒着，等我们对它们热情复燃。而我也准备了一个小仓库，一个空的洗衣粉袋子，用来装花生瓜子，大约是光辉牌的，盛开几朵烟花，反复清洗还留着淡淡的洗衣粉气味。

一年到头，只有过年这天外婆才会喝点儿酒，父亲便给她斟酒。父亲喝酒，略微闭上眼睛，龇牙咧嘴打一个激灵，再夹口菜中和。外婆是寻常的，只是接受另一种食物一样，样子又是凛然的，我们不敢多看也不敢笑言。外婆生长在一个大家庭里，保留了一些原来家庭的习惯。外婆的母亲是当时地主家的女儿，祖上在很早时上到高坪下到王村有大面积封地。

过年已是肚满肠肥。这年的大年初二去看望年轻时就在工作地驻扎的父亲，坐下来等他炒菜。菜式陆续端上来，他腌制了萝卜，呈现天然的粉红色，味道酸酸脆脆，又做了鸡蛋盒子。饭时，彼此没有多余的话说，只默默地吃饭，平日各自东西南北，节假日才见面。

除夕这天的午夜听到密集的爆竹声，是人们为了"抢年"。漆黑夜幕，烟花腾空而起，喧闹一阵后陷入空寂。灵魂出窍时刻，四邻街坊的变化，年轮的往复叠加，一切如镜，又一切似幻，在这一刻忽然照见自己。

每年都会买一件新衣送给母亲。她推辞无须再添置。买回来，她照单全收。逢邻里办酒席才会穿上它。从小她生活稍显一些优越，父母宠溺，读书学医，教过书，有自己家庭后却一直俭省。

初三四，天气晴，蓝天一望无垠，飞机似鱼在平湖中泛游。从喧闹的地方来，对集市街巷堆砌成山的商品已缺乏兴致，只愿某些时刻小隐于野。走在田野，让清风拂耳，掬一捧流水，让寒凉刺骨。或在雾气氤氲的早上徘徊，见山川在云雾里重叠，山茶树迎着冰露绽开了一朵白花。傍晚时分，坐在火塘边，火光舔着漆黑的锅底，静置一旁，锅灰明灭间犹如繁星眨眼，这情景母亲叫它"舞龙灯"。又是一日，这天傍晚坐在厨房的木椅上猜谜。

一个佬儿背背铁，沟里走沟里歇。

一蔸树高又高，一阵狂风吹断腰。

一把刀水上漂，有眼睛无眉毛。

树大根大叶子只有针大。

远看青蓬蓬，近看竹鸡笼，我想伸手去，又怕蜈蚣虫。

红帕帕包红饭，又好吃又好看。

对门山上有个碗，天天落雨落不满。

神州来个兵，个个头上插颗针。

从你门前过，捡得烂牛角，吹也吹不响，搭（摔）也搭不破。

谜语是童年最早的歌谣，似画幅近在眼前，又像风景远在天边。画里有山有树，有炊烟和鸟群，每个谜底就是画的题名，母亲仿佛就是那个站在风景里经年的人。儿时的谜语，是螃蟹，炊烟，鱼，松树，杉树，石榴，鸟窝，爆竹，袜子组成的梦境。

　　最初听到对门山上有个碗的谜语，是外婆说起。便依循着往山那边望去，似乎山上真有一个谜语中的碗，雨落不满的样子。那鸟窝倒是时常见到，小鸟早就飞出了家门。只见雾气穿绕着青山，青山在云底间回荡，山坡上雨雾中荆棘里有梭叶藤花开放。在闲适的下雨天，站在外婆家的木楼上，看远处升起的烟岚或见赶集回家的行人路过，安然辗转于俗世的生活。转身跑到楼下灶膛的火堆里掏出两个刚才埋下的土豆或地瓜，让焦黄的香甜在唇齿间蔓延。

　　那背着铁色盔甲的螃蟹，就在童年路过的沟沟坎坎里一走一歇。

　　那炊烟缭绕，被狂风吹断了腰。

　　那神州来的兵，震醒了一个又一个梦境。

　　带着谜语，短暂停留之后，我又将奔赴下一段旅程。拍下雪天和灰淡的小屋。门前桂树的枝丫将房屋黑色的瓦楞压得很低。拍下蓝天和受伤的小鸡，想了一个法子让它免受同伴的欺凌，晚上将它放在房间的小篓里。弟弟说，它享受了其他同伴一辈子都未曾有过的待遇。

　　外祖父母曾用篾片编织的小竹篓，在里面铺了些棉花。过两天就把棉花换一换吧，我说。母亲答应。因为我，又要奔赴千里之外。

　　有好些年没见桃花开了，弟弟说。因为还没等到春天，我们就天各一方，山野的春天是不期而遇的。他与我谈足球，谈见闻，我默默地听。田园稼穑，留恋不舍，彼此间却谁也不曾表露。站在大伯父家的老桃树下，曾垂涎桃树的果实。少年时从野外小路上扯回来的小桃树，母亲一度嫌它生长过于随意破坏了周围设施，剪去枝丫反而茂盛地开花，桃花灿灿，不争春也无意争艳，到了夏季还会结几颗小毛桃，只是大多布上了虫眼，糊一团琥珀似的油脂。

围在电视机前，在除夕的爆竹声中，喝自酿的米酒，等寒夜里最后一丝火光熄灭。与母亲一夜长谈，聊至夜深人静。我或有她的影子，人前只表现较为刚烈的一面，不喜欢弱势的地位也不想让人担心。或许由于年龄增长的缘故，第一次跟母亲聊天有深切体会。长谈持续到天亮。早上她还能照常起来，做早饭，房前屋后忙碌，计划一天要干些什么，并没有因为昨夜没睡好而影响一天的精神。

家养的几只母鸡，她管一只有白色斑点的叫爆米花，原话叫苞谷泡儿。对一只母鸡形象的概括，有她未曾觉察的诗意。极不情愿只因我要远行的理由解馋。她说没什么不舍，宽慰说些大意物种如此的话。

天亮很久后，白日里对离别或许能淡薄和决绝一些。平常习惯早起的母亲，此刻却躺在床上，我知道她应对离别的方式总是乖张。彼此没有再说一句嘱托。告诉她我走了，她说好。

生欢喜心

外婆腊月里来家里做糯米条。糯米粉濡湿后在大簸箕中间反复揉匀，洗净的空瓶在大块面团上来回滚动，直到面团变得细腻光整。最后做成指头大小的圆条，两个圆勾在一起成一对锁圈。

油晶晶的锅里，锁圈翻滚着扑腾着，慢慢地焦黄。小孩子手脚快，便让我将它们捞上来。我对自己做的奇怪形状的更偏爱一些，投入了更多关注。糯米条做完，外婆和母亲在灯下一边收拾一边说话，而我不知时光不复，在这样的光景里昏昏欲睡。以为有多次做糯米条的机会，她们也不会变老了。

腊月尾做豆腐，仿佛是新年的注脚。即使是关于吃一类的事，外婆也是做得一丝不苟,当一件严肃的事情对待。当夜泡下黄豆,翌日清早将泡发一夜的黄豆在磨盘上研磨成糊,在大铁锅里煮出浆,用木瓢舀出盛在纱布漏斗里过滤,过滤出的浆更细腻些,用一只圆形大木桶接住,再放至大铁锅里煮开,这一次将细浆盛进大木桶中,待细浆晾至温热,在木桶里撒一些石膏粉,用一块干净纱布连同一张倒扣的大簸箕将木桶罩住。须臾再打开木桶,见木桶中浮起一层起皱的豆皮,竹筷在上面轻舟一样划开,将筷子插入桶中,筷子立住,此时的豆腐脑就生成了。这个过程的繁杂程度,大概得把一天的气力都用完,再看看西边的夕阳也洒进朝西的房间了。外婆必会把我叫来身边,用木瓢舀上一碗,再加一勺红糖,热气将红糖熏化成棕黄色汤汁,吃完感觉胃部的充盈升到了脖颈。自是晚饭都吃不下了,而再吃一碗,要等一年。最后就是将晃晃荡荡的豆腐脑用纱布打包好,盖上大锅盖压制,嫌它不够重,还要搬来一块大石头压上,在一张大桌上沥干水分。成型的豆腐表面会有细细的格纹,那是纱布的印记。

这一系列都是纯粹的手工劳动。再回到磨豆环节,用的是两爿互相咬住的大石磨,磨石一般常年放在房屋背面,光线昏暗的地方,随便用块破布烂衫遮盖。磨石安放在带木槽的木架上,木槽像缺了一角的倒三角形，豆浆通过缺边的这面木槽流出。两块磨石通过中间短小的木杵连接，豆类就从磨石上端的圆盘边的小孔里投进去，一人推磨，一人"投喂"，看上去是僵化的机械动作，却需要两个人的默契配合。也有一个人完成的，就要停下来做另一人的一套动作，外婆或母亲一个人时，就要一边推动磨石的手柄，一边顺势拨些豆子到小孔里去，动作圆熟自然，好像推动磨石并不累似的。我试了一把，重是重，但能推动，只是因为用力过猛把磨盘推去了一边，露出下面那块磨石的横切面，磨盘一出轨是很危险的，如果不是中间那个木杵管住了，恐怕磨盘早就跑路了。

再说浆汁的第一遍过滤，需要两人合力拉住纱布的四角，一人往纱布里舀汁。那浆汁不仅滚烫还有些分量，我提搂着纱布两角，见幼滑的浆汁在纱布里四处滚动的情形觉得十分可笑，这一笑就浑身无力，忍都忍不住，简直要把我憋出内伤。提搂着另外两只角的姐姐也忍不住笑，这一笑就无法施力，外婆见纱布往一个角上滑去，立时露出严肃的表情，批评我们这是对当下事情的轻慢。

接下来挤浆的过程，却需要些"功力"。纱布包因为盛放在竹篮里，还给竹篮架了一座桥，这需要一些巧劲，如果用力过猛，桥就又侧翻了，那豆腐自然又泡汤了。

外婆还做过一种糕点，俗称灯盏窝。只因制作的模具如灯盏而得名。灯盏模具舀一勺面糊，浸入油锅小火烹炸到慢慢焦黄，灯盏窝即可顺利从模具脱落。集市上的铁锅上架了半张铁丝网，金黄的糕点堆砌在上面，模具像八分音符带着长长的尾梢，挂在铁丝网上，人便能稍作歇息。每到节日，外婆都要做相应的糕点，一般都是外婆做好，等我们来过节吃饭再带走一批。

正月里做麦芽糖的在吆喝声中走来，他敞着外套衫子，脸就像结了麦芽糖上那层粉霜，他一天到晚就挑着一副担子各家走访，木桶上放了一大块圆形麦芽糖，因为卖出了些，圆角缺了一块。用白净的纱布盖着，他小心地取出一把沾了粉霜的小斧子，再拿出一把锤子对着斧子轻轻一敲，顺势劈下来一块。另一只桶上是红薯做的麦芽糖，拔出的丝是浅浅的酱油色，细面条状，口感更浓郁。直到看着他挑着扁担走去，还恋恋不舍几时才会遇见他。

来了炸爆米花的人，找块平地搭上三脚架，虽然不认识，但还是本地的口音，只是话不多，只顾摇着小黑锅。大家各自从家里拾来一抱柴火，等着炸自己家的爆米花，有的人干脆蹲在一旁剥玉米聊天。这小黑锅能炸玉米，也能炸糯米。干透的柴火烧得很旺，炙烤得爆米花师傅双颊通红。看他娴熟地操纵着爆米花机，很有些

"工匠"气质,其他人只有靠边站。他把玉米粒从端口麻利地倒进去,再从上衣口袋取出一个小圆盒,舀出一小勺糖精。轮到我时,我总会提醒师傅多加一点糖,他又小心地抖下来几颗。他的手大而粗糙,是这部机器磨砺出的。他的糖精比平常家里用的味精颗粒要大几倍,多费了几颗糖精,又有些替他怜惜。

只要他动作麻利地站起来,小黑锅用支架撬起,小孩子就预警性地跑开并捂住耳朵。那天崩地裂的一响,小黑锅端口连着一个麻布口袋,爆米花就势钻进了口袋,吓得不远处的公鸡都四散开来。只是随着这"嘭"的一声,烟雾弥漫中有人弯腰拾捡,有的爆米花炸飞了天,有的滚来了脚边,趁热烘气还未散,捡起来就放嘴里了。

除了过年的吃食,就是亲人间的往来了,让人生出隐隐约约的欢喜。外婆的妹妹偶尔来家里,姨姥的年龄不大,跟母亲年龄相仿,她性格谦和,笑容里尽是一团和气。我感觉到她不同于别人的亲切,她们说话,我便在跟前转悠,大人的谈话由此转移到孩子身上,我仿佛有了更大的发挥空间。见她们每个人都笑着,此刻即使我做什么也不会有人生气。

晚上,母亲在两张红漆大柜上铺了棉花被,算是一张床。姨姥谦和，再三要睡在柜子上。我觉得那柜子立刻变得饶有趣味起来，也不肯睡平时普普通通的床了。

一次年节来了很多客人，母亲便在木地板上铺些稻草，做了一个大通铺，我觉得比正经八百的床铺宽敞并有意思多了。外婆的娘家人都很温和，有亲人到来，大人们也会比平时对小孩多一些关注。一次来了一个小孩，说是小孩，是比我还要大得多的，他跟着大人来帮外婆家干活儿。稻田边的地中间隆起一块石头，中间有一个天然的土窝，他便在这个土窝里也丢下一棵马铃薯。我便觉得好玩，很快就记住了他，但我不敢与他说话，也不知道说什么，只呆呆愣愣地看着他，后来也不记得他的名字和模样了。一次我去地里，发现土窝里生出一株马铃薯苗。外婆后来笑着说，那孩子在不起眼的土窝里种下一棵，居然也有了收获。

生活哪怕历经百转千回，好像只有些琐碎的事，才为长大成人后注明了来处。

无意间的合影

　　十五岁的秋天，我要外出上学。邻居家有女儿出嫁，自己做棉被，叫人来家中弹棉花。母亲从集上买来棉花，借着场地要为我做一床棉被。她特别征求我的意见，并告诉弹棉花的人，棉被中间用彩色丝线勾出"一帆风顺"几个大字，后来事与愿违，就像是迎着梦想的翅膀不小心掉进了泥荡。第一次郑重其事被征询意见，还是感到些许意外。棉线最终在匠人手里勾画出一幅秋日残落的景象。

　　那弹匠师傅知道是为我做，却故意不看我。他戴着白棉布口罩，不动声色地扳动着弹枪，面无表情地一个动作持续一整天。一天自始至终只能做一床被子。弹弓发出木桶灌风似的轰响，弹弦跟雪白的棉花不断地拉扯，粘连，屋子立刻飘满呛人的飞絮。木质的弹弓，像个巨大的高音谱号。师傅斜跨其身，一天不说话，当一件十分庄重的事似的。棉花最后变得跟白云一样轻软，再用纱线把这团云网住，来来回回很多遍，最后在四面末端固定成一个可供抓握的圆球。

做棉被之前，我的心里就在默默地跟这一切告别。母亲只在离别之际的几天有一些温柔，在平时她轻易就会暴躁，就像爆竹点一下就炸。我上小学时，她出外干活回来正口干舌燥，便叫我去井里打些凉水来。那水井的水偏偏冬暖夏凉，到夏天就像冰镇过，经常被人们打来一壶放在家里解渴。水井离我家有些距离，她拎起保温瓶直接放在我手里，不知为什么，面对突如其来的任务，我死活不肯去。她一时气急败坏，朝我的头部就打，最后将我拖出很远，看我直接赖在地上，脑袋撞上石头渗出血来。她把我拎起来，一路都没停下对我的训斥。邻居见状规劝，因为有人关注，我便号啕得更加汹涌，含冤一样悲壮，索性瘫在地上，等着她把我打死。但心里还充斥着反抗，一边咆哮，一边痉挛。

跟她闹别扭的夜晚，她让我站在漆黑的屋外不许进屋。我站在门缝透出光线的地方，我怕黑。但抑制不住地要去抵触，即便害怕，也依然倔强。歇斯底里时，就像身上长满毒素，只能通过流泪来清除，创口一时无法愈合，轻轻一碰就流溃化脓。

她总有许多忙不完的事，让她没有空闲顾及其他。终日的忙碌，却是以终年的劳累和忽略对孩子的关注作交换的。

生活中的兵荒马乱让人应接不暇，她还要在稻田的内侧自发开荒，在上面散乱地种些马铃薯。她带着我一起劳动，从播种到收获，历经每个步骤。收马铃薯时，她在前面用铁锹翻出来，让我跟在后面捡进筐里。因为惧怕蚯蚓，又不敢跟她说明，只得蹑手蹑脚跟在后面磨蹭。她看我干活不带劲，忍不住放声大骂，逼得我只能告诉她实情。她似乎心软下来，但活儿太多了，整日令她喘不过气，她认为我在挑肥拣瘦，只听见骂声更凌厉了。

对子女，她就像手握提线木偶，企图操纵，不断试验，还是不得其法。她那时年轻，心胸常为强势所占据，在她面前我们越发地虚弱。

后来，她开始在这块地上种棉花。或许是有了惨痛的经历，就变成种棉花了。高高的棉花树，结出桃心般的蒴果。果壳裂开后吐出一团柔软的棉花。摘棉花的时候，不像在干活，就像是在陶冶情操。外婆说有女儿的人家就要种棉花，每一年都蓄一点，好让女儿长大有足够多的棉被出嫁。我不觉得母亲也这么想，她是在跟自己较劲。

后来陆续种植过辣椒，傍晚我去摘辣椒，一眼就望见了地中央的坟。据说还没有地边这丘田的时候就有这几座坟，没竖墓碑，不知坟茔里的人姓甚名谁，就是一个四周堆砌着石头，常年覆盖在荆棘荒草下的土堆，还长了几束抽穗扬花的芭茅，那尾羽似的白芒让风一吹就轻轻摆动，在白天或有几分虚幻之美，到傍晚看起来就阴森恐怖。或许荆丛里还残落着一条锯齿状的纸幡，被风吹雨打得褪去了颜色，孤苦地向人展示着这是一座坟茔。白天大人带我们来，才敢在这里停留。因为离家有些距离，等我到那里时，路上又耗去了些时间，天更黑了，随之就给心里蒙上了阴影，心跳到了嗓子眼，胡乱在树枝上乱拽一气，扯上几把辣椒，也顾不得是否伤树了。

我很疑惑为什么不在家门前好好整一块像模像样的地，偏要去这鬼能打死人的地方种菜。大人好像嫌已有的土地还不够多，到处开辟些边边角角，来证明自己勤劳，突发奇想地种些作物，种完就与他无干了，让它自生自灭。最后收获了什么，却不在意。

就因为地边上是我们最大的一丘责任田，关于那丘稻田，我脑海里还是有它曾经热闹的景象。那是春播的季节，田野里开始泛青，父亲叫来了一帮同事给家里插秧。人们在田坎上脱下鞋袜，嘻嘻笑笑立在田中插秧聊天开玩笑，那是我头一次感觉到劳动充满了乐趣。那些人中有特别沉稳的周老师，那是年龄偏大些的；有一位戴着眼镜斯斯文文的潘老师，那是年轻很多的，说话和模样带些朝气。待下田时，潘老师把皮鞋和白袜子整齐地褪在田坎上，真正干起活儿来也不怕腿上沾泥带水。我去了大概是送水或是送去一篮栽秧粑粑。说这丘田是以田里间的坟冢主人名字命名，一位符老师对我说，这丘田叫北山田，等你爸死了，把他埋的地方就叫作远峰田。说完她就不顾地笑，我父亲听了没做声，只管在田里插秧，也没生气，也许并不十分介意。只是那平常的一句话竟让我心头一震，好像把未来的时间一下跨度到了今天，我不知该带着那天的悲伤还是今天的欢笑了。

那个最后留在家里的漫长暑假，我却是什么都没做，整天沉浸在离愁别绪中。如待嫁的心境一样，默默跟那些伴随我成长的物事一一道别。

外出上学是高兴的，却不料那天的心情如雨天般潮湿。早上找到父亲，我却坚持要在他那里吃了饭再走，要去摘门前的南瓜，实则是想拖延出发的时间。母亲不停地指责我，离别时刻，她居然没有一丝难舍之情，恨不得我快些走。班车来了，临上车我以为她会有三言两语向我说，最终她什么也没说，一句嘱托也没有，更没有那些语重心长的话。我一上车，她转身就走。她后来说，这样做我会少些留恋。然而，我并没多些决绝。我不知道，在转过头去的那刻，她的脸上是否也有泪水纵横。

生活的硝烟，继而演变成长期的生理疾患。她患上一种头疼的怪病，找别人去扎针。浸上油的灯芯草点燃一簇火苗，在手指尖猛地向头皮触去，触点部位，立刻发出"嗞"的一声，直到留下一连串触点，这些紫红色触点要很久才能消除。火点在一刹那击中的仿佛正当是疼痛的部位，让她竟有种享受般的放松。她又找人去拔火罐，碰到人家没空，她便自己找个棕色的小药瓶，擎住烧着的纸屑直往额头上扣，火苗瞬间熄灭，皮肉立刻鼓起一圈红印，十天半月过去额头都有瓶口大小一块淤青。我仿佛从来就对这些感到无所适从地抵触，隐隐觉得它是不堪的象征，疾病，伤痕和疼痛，阴霾一样笼罩。

年轻时，她得知自己背部长有硬币大小的肉瘤，已疼痛化脓，靠自己当过几天赤脚医生的经验，她给自己治起病来，每天给自己扎针，竟得以好转，化脓处逐渐弥合新生成一处凹陷。

生活陷入僵局，母亲生病也不去医院。决定去开诊所的亲友家串门，惶惶走在田陌上。原以为是前去别人家探望，我们还保持着做客的轻松。碍于情面，她在离人很远的一片玉米地里等候。我们走来，见她在玉米地外面的小路上茫然无措地站着，已从我们落寞的神情知晓大半结果。

孩子尚幼，自己顽疾缠身，求助遇冷。我们发誓，以后一定要有钱。因为身心的伤口和漏洞，仿佛才强烈地感觉到自身的存在。

曾经她执拗地要把一块地翻过来种上作物，最后不支，累倒在地上。在长着荒草的田埂上躺下，起来又挥动着铁锹，如此缓存体力。

她也怨怼过人生受尽捉弄。她父亲曾带人马翻山越岭修水库、筑堤坝，帮邻里排忧解难，是很有些魄力的人。她刚从学校毕业，广播里说县宣传队招人，大喇叭就安在她家的木楼上，她决定去，已走在半路上，又被过继来的堂兄急忙追回来。父亲不放心独生的她离家，她拗不过，只好舍弃自己的人生。她便又去当了一名售货员，她一心向公，不贪分毫，以她父亲为榜样。后来又当了一阵子赤脚医生，找有临床经验的医师学习。在生下孩子后，她去当了一名民办教师，怕自己孩子欺负别人，她便将孩子背在背上。去别人家吃酒席，她也将孩子背在背上，在家时就将孩子喂饱，不让他在别人的酒席上哭闹。

第一次到北京，她二十岁，她一度想自己走丢了就不用拘束这些那些了。外面那么大，想怎么活就怎么活，只差一狠心就做了决定。

她享有过的物质非常少，即使看到的新花样也是不多的。她对我衣服上蝴蝶结的阐释：背上有个"8"字，就像个睡着的"8"。

有很多的美好，还来不及分享，时光已倏然而逝。在北京西直门动物园，那是她第一次去动物园，时光已在她身上流转了六十多个年头。在大熊猫馆前的一丛箭竹旁，阳光晃得人睁不开眼，我让人拍下一张照片，却不料她侧身为我撑伞入画，照片上的她露出鬓角一簇银发。她无意站在一旁，竟是与我的第一次合影。

距离她第一次到北京，已经过去了四十多年。经年后的六月末尾，塞北酒店上空的蓝天泛出一丝白云，虽是六月，却凉爽宜人。早上得以与她单独在酒店吃早餐。一份粥，一份豆浆，两小碟咸菜，放在大圆桌上，两人却只占了大圆桌的小小一角。之前时光错落，就连这样一起平静地吃一顿早餐的机会也没有。现在，她也全然端坐在那里，身心都放松，也像个衣食无忧的人慢条斯理地接受这一切，小心地抚弄着眼前的碗碟和筷子。阳光透过大玻璃窗，有些美好的早晨，心底却掠过一线忧伤。

Sui
yue
feng
hua

第

伍

章

归去来兮

千禧恋

曾即兴模仿《沁园春·长沙》写过一首小诗，末尾两句是：曾记否，羊峰山下猛洞河流？那时我在千里之外，曾经的一切都离我远去了，就跟上个世纪的事差不多似的，心中只剩一点点模糊的痕迹。

那是当地海拔最高的一座山，冬天校园里不下雪，山上已覆盖着皑皑白雪。有人指着白色的山尖说，看，那就是羊峰山。山遥遥在望，却一年也难得去上一回。而猛洞河就是一条更少去的河流了。小学六年级上音乐课，教我们唱歌的老师意味深长地让我们在《家乡有条猛洞河》和另一首歌之间选择，大家毫不犹豫地选择了前者，那种深情的咏叹调将我们推进了中学。

就读的中学坐落在羊峰山下，一个四面环山的地方，也许目之所及都是山，山看多了，眼神也变得迷离起来。可能就是这种故作的气质，吸引了学妹苏珊与我交往，苏珊那种明媚欢脱的性格，对我又何尝不是一种吸引。认识她那天，她正找人去她家聊天，嘻嘻哈哈闹到深夜，累了蒙头睡觉，第二天再起床上学。

那天下晚自习，走在校园依稀的灯光里，她与我身边平时疯癫的女同学打招呼，问她今晚还去她家里住吗？那名女生大概是去过一回，疯疯癫癫地把我推在了前面，我一时不知怎么拒绝，抬眼看了她一眼，就这一个回眸互相就产生了好感。

她家就在学校大门不远的斜角，从一扇铁门走进去，有一段通道，上到台阶就看见一座两层的白色砖房，白房子在转角处还连着一座白房子，算是偏房，两相合抱成了一个院子。偏房有一个凸出的露台，那里是人人都想去的地方。苏珊一到铁门就大大咧咧地走进去了，身上仿佛带了些星星点点的光。她妈妈见到我，朝我打量一下，我微微抿着嘴唇没说话，只抬着眼看她，也许不像我那疯癫的同学在人耳边叽叽喳喳吵个不停，话一多就显得心眼也多，好像会把人给带坏了似的。我不说话，在她妈妈看来却是种沉稳的表现，好像苏珊需要跟我这样的人玩在一起，才会具有某种积极的品质。

偏房的露台为什么人人都想去呢，因为那是一个人人向往的歌舞厅。没人跳舞时就是一个KTV。谁家会有歌舞厅呢？我认识的人中只有苏珊家有，但苏珊并不觉得自己有多么与众不同，也不觉得自己多让人羡慕，这是我喜欢她的地方。歌舞厅平时供镇上的人娱乐，人散了，自然就成了苏珊一家人的练歌房。我分别听过他们一家人在里面引吭高歌，她家只有她妈妈不唱歌。

她爸爸是歌舞厅的老板，瘦瘦的，上衣下摆时常塞进西裤里，露出腰间的皮带来，脸上还有两处精瘦的凹陷。不仅是这一点与别的家长不同，他对孩子们说话就像跟同龄朋友一样不拘束，也不作样。或者他并不拿我们当小孩。她爸不抽烟，嘴里时常哼的是流行歌曲，也不介意苏珊带同学来家里玩。那天她爸还利索地打开了歌舞厅中央的灯，屏幕正进入系统，他就跟服务生小哥一样出去把房间让出来了。灯光顿时满屋子窜，脸上，脖子上，肩上，都跟落满了羽毛似的，有一种缤纷的温柔。

她爸跟她妈或许对我有一致的看法，觉得我能潜移默化对一起玩的苏珊产生什么正面影响。于我，就是可以冠冕堂皇地出现在她家罢了，甚至是白日课间的时候，哪怕白天一眼就看见她家紧挨着的围墙边有一座高大显眼的墓碑，也不能阻挡什么。

街上开始有卖光盘的摊位，想着歌厅可以放碟片，我花了五块钱买来一盘VCD，上面有王靖雯、蔡幸娟，还有辛晓琪。那些光盘常常会聚了两岸三地不同时期的歌星，甚至不同的唱片公司。只是那时我不明白，自然是觉得一张碟片上的歌手越多越好。那天歌厅有人在唱歌，神情专注地倚靠在那里。第一眼吸引我的，恐怕是她的指尖上点着一根烟，还有那时而弯曲时而垂下的手臂曲线。

知道有人靠近，她也没在意，头发蓬松地遮住了半张脸。她的头发染了色，挑染的几缕红就像不小心撒上了高浓度葡萄酒。那首歌似乎很适合她沧桑的声线，只是比屏幕上的歌手多了一点颓废情绪。我第一次知道这歌，歌手叫潘美辰，歌曲多处高潮迭起。"你总是如此如此如此的冷漠，我却是多么多么多么的寂寞"，近似反反复复直抒胸臆地呼喊，听得我脸上一阵阵潮热一阵阵滚烫。在我们班上最大尺度也就是唱唱《新鸳鸯蝴蝶梦》而已，还是因为有了连续剧的影响，到了家喻户晓的地步，就不考虑它符不符合年龄了。唱到"由来只有新人笑，有谁听到旧人哭，爱情两个字好辛苦"时，觉得就跟唱"我们是共产主义接班人""学习雷锋"这些差不多，都是一阵热血沸腾大合唱之后，由老师一声令下上课。只是这煽情的呼喊，使我多了些共鸣，就像电离辐射一样，无形之中贯穿了大脑。尤其那句"无数次在梦中与你相遇"，那个尾音的曲调很特别，或许是那种初听不知曲中意，再听恐是曲中人的错觉。球状的光片不停地在她身上闪烁、交错，她蜷在沙发上，低垂着眼睑，不经意的样子很美。这就是我迷恋的声音，磁铁一样吸附在脑海。隐隐感觉心里有种鬼使神差的东西。就像自己站在舞台中央，一时不辨男女，金属般冷酷的外表下内里却脆如玻璃，也许这就是后来千禧年流行的审美风吧。

她似乎唱了很久，我仿佛也听了很久。成人的世界，真是谜团一样啊。抬头间，我隐约看见她涂了颜色很深的口红，让她手握话筒时有种逼人的气质。长长的指甲上涂着比最红的玫瑰花的汁液还要红的指甲油，只露出一边的眉眼上有片鱼鳞似的光片，那时我并不知道那东西叫作眼影。我不敢看她的眼睛，怕她猛回头就读懂了我的心，我会仓皇失措地把眼睛移开，人尴尬得不知道要跑到什么地方去。谁知道，其实这就是我第一次偷窥人家唱完了一首歌而已啊。

晚自习的教室里，安静得只有吞吐的呼吸声。大家埋头伏案待在自己的座位上，沉浸在别人不知道的思绪里。耳畔忽然传来一阵轰响，坐在窗边的我，确定那是苏珊家的歌厅有人唱歌。音乐伴奏烘托出的效果拍击着心脏，牵动着少年的心，那曲调在夜空里久久回荡。我的心里就像装着一个秘密一样，似乎洞悉了成人世界的不同，让我一时变得高昂和兴奋。

一天跟苏珊一起来了一个女孩，大眼睛，短头发，脸像枚半熟的桃子白里泛红。她声音哑哑的，但笑起来很甜，性格很是活泼。她好像也喜欢跟我一起玩，第二天我们在校园里相遇，她向我扬起了笑脸并主动打了招呼，我便回应了她同样的笑容。然后好几天我们都在苏珊家玩，我知道她的名字叫许星尔。

我的书桌里躺着一张碟片，只要我掀开书桌就要兴奋一阵子。我和苏珊又晃到了歌厅里，她时常在校园里见到我就把我抓走了，而我对学妹们总有一种持久的忍耐，这对她们好像很受用。等歌厅里的客人散了，我和苏珊慌忙给影碟机塞上碟片，屏幕上立刻闪现出了第一首歌开头的画面。我定了定神，雨伞下的人走过水汽氤氲的街，震动的闹钟掉进了鱼缸，画面好像一直在跳动，模模糊糊的街面，闪闪烁烁的红灯，鱼缸里的闹钟倒映出：他不爱我我我——三个我。鱼群若无其事在上面游走。杯子里充斥着"可耻"的字条，浮现出神似恋爱中的女人不安的身影。她将自己浸泡在水里，像鱼一样呼吸，吐出一串水泡，无聊时就坐在椅子上两腿交叉地晃动。我好像知道了什么叫寂寞，那首歌的歌词也同样攫住了我。

"想念你的笑，想念你的外套，想念你白色袜子，和你身上的味道，我想念你的吻，和手指淡淡烟草味道。"

想念一个人可以这么具体，想念一个人在我心里却只有模糊的概念。那是我认为最好听的一首歌，虽然是第一次完整地听完。可谁知道，这就像一场爱恋，还未开始就为之神伤。画面上的女子，苏珊姐，苏珊，我。我把自己跳脱成她们，带着她们一样的情绪，或者把她们跳脱成我。有时候，我不知道自己究竟是我，还是别人，我竟然也有了些疯疯癫癫。1998年，早已注定，这只是生命长河中的短暂一瞥。晚自习后，在黑夜里，在荷尔蒙的前呼后拥中，我们并肩走着，笑着，好像触摸到了空气中教人沉湎于幻想的东西。回到房间，我们仰头躺下，盯着墙壁上可望而不可即的画报女郎，时间很快就穿梭到1999年，时下的影视剧角色贴画占据了每个人笔记本内页的抬头位置，躁动的心像一条发出去就永远无法回收的射线。整夜，整夜，我们在床上翻来覆去，聊天，嬉闹，天南地北，仰着头唱歌。"海可枯石可烂天可崩地可裂我们肩并着肩手牵着手"，苏珊将歌词唱得一字不漏，虽然她的音色并不能堪称完美，但我看见她的梦想在闪闪发光。墙上的画报女郎，让她虚无缥缈的梦想拉近了些。那些歌声和MTV恍恍惚惚的画面生出了我的梦想，忽然坚信又忽然迷惘。

　　小时候，我的梦想是开一家杂货铺，卖汽水、糖果和果冻，这样我就不用一天到晚只想着攒几毛钱去别人家买零食了。为了这个梦想，我还数过自己手指上的螺纹，简直跟我的梦想不谋而合，让我独自高兴了很久。坊间流传的歌谣常常说，一螺穷，二螺富，三螺四螺开大铺，五螺六螺骑匹马，七螺八螺管天下。五螺六螺似乎就不太现实了，七螺八螺更是天方夜谭。我的手指刚好四个螺，分别在两手的中指和无名指上。它们就像四个通谙我人生的密码，有段时间我生怕把它们磨损了，有的东西就不准了。

　　那时流行家家户户贴画报，画报上的人身着白衬衣和窄腿牛仔裤，有港式的风情万种，也许此时正是流行中性美的年代。但小镇的摊位上最多能买到雪纺料子的西服，夏天就穿这种西服，只不过薄些，领子往外翻，怎么看都有点少年老成的味道。我们在校园里以穿着这种套装为荣时，苏珊就已经穿上了画报女郎才穿的窄腿牛仔裤和白衬衣。那时我在邻居大叔家的墙上见过，酒窝美女身上的白衬衣是肚脐前系结的那种，微微含笑就倾国倾城，原来她的名字叫黎姿。我便喜欢去他家玩，每次都忍不住多看两眼，对着她风姿绰约的样子发一阵呆。

我没有这种窄腿牛仔裤，在苏珊家，等她睡觉脱下来时，我便拿起她的牛仔裤在腿上比画。苏珊的优越来自从来不知道别人对她的羡慕，连她家镜子前放着插瓶的塑料花都要比别人家的富丽一些。在还没脱离家庭掌控，也没有自己独立房间的我来看，苏珊家就是一个可以自由呼吸的天堂。就像进了一座蔷薇花园，只循着花香，却不管脚下的荆棘。

并肩躺在床上，苏珊说："你知道吗？姐姐并不跟我们姓，她是妈妈之前的孩子。"

我小心地问："她还有另外一个家吗？"

"以前有，后来没有了，就到我们家里来住了。她在广州吸毒，两年前从戒毒所才回来。"

广州，那是印象中最遥远的天堂。我们常常会听说谁南下去广州了，每个离开家南下的人回来都一身光鲜。他们去广州找钱，浑身上下散发出新鲜迷人的气息，仿佛给整个家注入了快乐的氧气。我想长大了我也要去广州，回来也要闪闪发光，吸引邻居们闻风而来。邻居姐姐就从广州带回来好多照片，每本相册花了足足好几百元。她伸出四个指头，表示自己也震惊到了，她附在我耳边嘘声对我说，生怕她父亲听见。好像那些照片就是她所有的财富，是她行走广州的写照。她在我面前介绍照片里同宿舍的女孩，一个来自江西，一个来自四川，她有些情不自禁。跟我姐姐从广州回来那天的情景一样，母亲脸上有种茫然的幸福。姐姐带来了绿色瓶装的雪碧，还有软甜的面包和香蕉。第二天，我把喝空的雪碧挂在晾衣竿上，好让邻居看见。姐姐还送给我一支笔，透明的笔管上有细碎的亮片，笔芯闻起来有淡淡的香味，我在白纸上划几条线，好让香气散出来。一不小心笔就掉进了燃过的火堆里，即使沾了灰也要把它找到，等找到它，姐姐却突然要拿走不给我了，我又气又恼。

那也是我第一次吃香蕉，家乡只有芭蕉树，树上也长形似香蕉的东西，但芭蕉却只是永不成熟的香蕉，叶子跟气味与香蕉有八分神似，只能算远方表亲，长到将黄不黄时就从树顶掉了。那天晚上，姐姐还送我一串白色珍珠链子，她把珠串拿出来，在手里来回掂量，又不说给我，让我好生羡慕，在我的央求下才恋恋不舍地说送给我。我把珠串在椅子上一会儿排成一座山，一会儿又排成一座塔。那珠链像贝壳一样晶莹，让我那天晚上睡着后整个梦都是晶莹的。

那两天我听见姐姐的声音出现在邻居叔叔的家里，他们的谈笑声混合在一起就像珠链断了线一样滑落。姐姐在邻居叔叔家里唱歌，"高天上流云，有晴也有阴，地面上人群，有合也有分。南来北往论什么远和近，一条道你和我都是同路人"。他们说姐姐唱的是美声唱法，赢来大家一致的掌声。

我从未踏出过那片山地，广州对我来说就是一个可望而不可即的梦想，就像夜空中灯塔一般的存在，遥遥迸射璀璨夺目的光辉，苏珊家就像一条带我向灯塔处航行的小船。那些心照不宣的晚上，走在下自习的路上，神情忽然的松懈，就像心灵有一条小溪穿过。在飘着淡淡的洗脸香皂的空气里，在黑夜的掩饰作用下悄然滋生了让人难以捉摸的东西。

一次聊天无意扯到隔壁班一个男生，空气立刻有一种凝滞，感觉内心绷成一根弦。当我有那种玄妙心情的时候，就会有一个男生站在那里，有意无意对着我看，等我意识到，就迅猛收回了目光。

然后有关他的一切也逐渐显山露水了出来，让我以为我们之间的缘分不浅。

每个星期天去上学，在街上都会碰见一个喝了酒脖子又红又粗的男人，腋窝下夹着一只公文包，走进别人家开的店铺满脸通红地跟人周旋。很多人都认得他，我在苏珊家的舞厅也碰见过他，他就是许星尔的父亲。

许星尔的母亲在她三岁时去了广州，再没回来过。听说她在广州开了一家很大的海鲜餐厅。许星尔的哥哥就是我有那种玄妙心情时见到的那个男孩，因为许星尔，便不自觉地注意到他，在人群中寻找那个熟悉的身影，等他出现，我又把脖子缩了回来。

只要你注意观察一个人，就能常常碰见那个人，我不知道这是什么定律。不知什么时候起，时常在校园里碰见许星尔，也常常不期然地遇见她的哥哥，看他一个人大步流星走来，有几次近距离的相逢，他正挥舞着衣摆下楼，等他擦肩而过，心里会强烈地一震。但从没跟他说过话，一直到后来都没听过他的声音，所以有关他的一切都只是像部默片似的进行。默默地关注着，远远地观望着，靠自己的臆想在心底与一个人交往，或者趁他不注意，用眼神作笔，在他身上来来回回画了无数条虚线。

课后的他总是一只胳膊支在走廊上，像只瘦脚伶仃的野白鹤一只脚踮起，在人群中尤为显眼，此刻我却希望只我一人能够发现。抬眼间看见，一方必定很快将拉开的视线收回，装作不经意，眼神只是缥缈掠过。他也许发现过一些蛛丝马迹，但从未表露过。每节课的课间，看他从教室里解放出来，跟一众同学打得火热，互相拍一下肩膀，间或笑一笑。一会儿从我眼前一闪而过，就钻进了教室，我很想去隔壁班看一眼，他的座位四周是不是充满了磁场，我为什么会挪不开眼睛？因为他，我有意地回避去隔壁班，好像那是个是非之地，我怕只要往那里看一眼，他们班的同学就知道了这个秘密。我们共同拥有的只有那阵刺耳的上下课铃声。

这些空白从许星尔那里得到了弥补，她开始亲切地叫我小名。眼前就好像有一个重叠的影子在跳跃，然而什么都没有发生。

1999年，中国驻南斯拉夫使馆被轰炸的消息在课间流传。牛奶糖包装纸从包青天和展昭变成了古装偶像剧。我买了一张贺卡，一打开就有音乐入耳，一盏小彩灯不停地闪着，重复地播放生日快乐，一直循环，一直播放，就像美好的东西无数次地闪回，直到电池耗光发出刺耳的摩擦声。明信片开始在课桌间翻飞，记录着少男少女的只言片语。人人手里都有一个笔抄本，摘抄当下流行的歌词。男生也不例外，只是笔记本外观更简单，里面没贴那么多花里胡哨。我把吃零食的钱省下来买贴纸，把明星头像小心地抠下来，贴在歌词旁，这可能就是最早的图文结合体吧。每个人的笔记本在班级很多人手里流传，为笔记本的主人抄下一段歌词，并在歌词下面写上一句美好祝愿，最后款款署名。常有笔记本跨班飞到书桌上，不经意翻看那些雁过留痕的字迹，揣摩字迹背后的人。

男生都去食堂吃饭了，教室里空荡荡，几个女生捧着手抄本，奉为圣经地唱诵。

一天在别人的手抄本上偶然发现了他抄写的歌词，黑色碳素笔落下了他的名字，心脏就有异样的跳动。我触摸着这些字迹，想从中感受多一些他的气息，清瘦的字体，自由地排列，往一个方向倾斜，就像他站在教室门外走廊上的样子。

我在别人那里，遮掩着打听有关他的一切。最后居然听到了他的绯闻。第一次破天荒地知道，他的绯闻，竟与我无关。谁让这种情绪已转化成久久不去的爱恋，变成一段口是心非的魂牵梦萦。

他的绯闻女主角叫钟铃，也是我熟识的人，只是还没熟到可以分享私密的地步。我记得钟铃带我去过她家。那天中午她妈妈正在家里看报纸，戴着一副有细细链子的眼镜，看上去比一般人斯文，能看出平常应该不怎么外出干活。后来因为钟铃父亲工作调动，钟家搬去邻镇，钟铃就跟着转学了。在中学见到时，我们都已经不再是那个孩提时代的小孩。

钟铃从小就大大咧咧，爱笑，有点男孩子气，男同学都喜欢她这种男孩子气，跟其他女孩相比没有距离感，男生们在学校就很优待她。她跟男生一起玩，叫他们家人才会叫的小名。在校园里见到我，她也会叫我小名，把我的姓氏去掉。

我结了几个课外死党，每晚流连于街上吃夜市。那种富足，带着一点点放纵。也许那是刚刚进入青春期的我们下了晚自习唯一可干的社会活动，夜市摊子也是了解各方八卦消息的一条通道。我没有太多的零花钱，死党常有盈余，活得比较滋润，我常常跟着她沾光。一天晚上，在夜市摊子上猛然听到关于他的八卦传闻，他和那个女孩曾经"跑江湖"的事。

我给嘴里塞了一口魔芋进去，辛辣的滋味呛得我哈着气以手当扇，风没扇起来，却呛出了泪。等我回过神问，"对了，你刚刚说的是真的吗？"

"那都是猴年马月的事了，那时候他们是邻居，家里没人管就一起跑出去玩，钱用光了就回来了，别说是我说的。"那个人边说边打马虎眼。

死党不爱论人是非，我的话被她朝我身上一顿猛戳打断了。于我初次听闻，于他却属陈年旧事。他们之间，原来发生过那么声势浩大的事，一定激起过小范围的喧哗，认识他的人都知道，只是大家都努力地摁住心里那个翻跳的小丑。但迷恋一个人不会因为他喜欢别人就停止分泌多巴胺，或许我迷恋的只是让自己心疼的感觉。开始就已经注定好的，我认识她，他会认识她，我会遇见他。当三个人一同出现，有了合适的土壤，我就开始编故事。那时他们在一个我未曾出现的学校里，我似乎在惋惜他们的相遇我却没机会参与。后来，我们三个人在这所中学相遇，但我从未见过他们打招呼，就像那是属于他们的前世，没谁会记得了。大家各自在不同的班级，在校园里相遇，也只会闪电般走过去。我的视线里多了一个人，课间的她从楼前的操场上走来，身后好像有一道灼眼的光芒。

那天，在苏珊家的歌厅，我和苏珊一起唱起了那首歌，我们竟然都不知不觉学会了。

　　"想念你的笑，想念你的外套，想念你白色袜子和你身上的味道。"

　　我埋解了一首歌，理解了曲调里的落寞。我只能用这首歌来埋藏一段时光。

　　最后一次近距离接触是在楼道里遇见，这次是我下楼，他上楼。他的头发飞扬在空气中，微微遮住了前额，脸上没有一丝笑，但青春的气息教人怦然心动。曾经我期冀从他那里寻获一些蛛丝马迹，所以在人群中默默地注视他，最后我发觉自己成长时的痕，是想从对方那里获得一种印证。

过年集锦

　　2014年1月14日，汽车在山边蜿蜒而行。越往前越远离工业和城市，山野之气迎面扑来。山上多是松树与柏树，显出一片萧然冷峻。

　　刚下过雪，路面湿滑，地上结了些霜。漫长的路途颠簸让人保持清醒，无法沉睡。逡巡路上那些树，一路溅了泥泞。在山边行走一眼望不到头，山的尽头是家，而到了家，再往前走却还是山。不说话保持体力，两小时的兜转，想起一部电影的桥段，女孩去相亲，问她的家怎么走，先坐飞机到昆明，然后坐一天的长途车到蒙自，再坐汽车到屏边，最后坐一天的拖拉机，再加一天的牛车。最后画风大概是一字一顿地说，我到家了。

　　车靠站，抬头间大伯父家的孙子骑辆摩托车来，正调转车头。他跟我年纪相仿，微卷的头发在额前显出几分沧桑。他把拉杆箱麻利地用橡皮筋固定住，然后让我坐上摩托车后座。"轰"一声，车尾喷出一股急迫的浓烟。经过路面的泥水荡，顺势把脚抬高了些。十分钟的路程，风吹得脸色发青。山头有积雪，风从雪山吹来格外冷。他一面骑车一面喃喃地说，冷哦，刚落过雪。我没多说什么，只是说，可以把夹克上的帽子戴上，他顺手往上撩了撩衣领。

　　厨房已充满烟火气，炒菜声一阵接过一阵，似乎吃饭的时间临近。今天有人来家中做客，叔父从外地来探亲，跟人在门前聊天。在门口见到他，打过招呼，他们正要去外面的场坪上散步。有小孩在房间来回跑，却无一认识，取出糖果分发给他们，他们立即停下来把手张开，衣服口袋拉得大大的。婶婶坐在边上，请她吃大虾酥糖，她只吃一粒，说糖果只吃这一种而已。絮絮地说话，不知怎样帮忙，无从插手，便只好坐在火塘边，眼神涣散地看着火光缓慢地舔着锅底。间或听见大人驱赶客厅间穿梭打闹的孩子，以防打翻摆好的碗盘，顽皮的小孩早就垂涎不耐几欲以手当筷。父亲特意请来堂嫂掌厨，她尤擅烹调，马铃薯经她的手都能清利爽口，红润流光。把一道最简单的菜做得美味且不简单的，即可衡量其厨艺高人一筹。诸如此类，让堂嫂时常洋溢在一种自豪感中，也颇得家族信任，加之较能处理日常烦琐事务，也乐于站在众人拾拾的位置。

饭间不断有人来，来者都是客，便安排坐下来吃饭，宽大的圆桌围得水泄不通。有辣炒火腿，豆干肉丝，剁椒炒菜梗，干锅腊鱼，素炒酸豆角，火焖羊肉。菜式不乏就地取材或赖于平时收集的食材。客人帮着添茶送水，递碗拿筷，没有拘束。

饭后片刻深吸一口气，才发觉换了一个地方，空气清冽许多。父亲在门口顺着墙根种下一畦白菜，尚有积雪，围了丝网，外沿的菜叶还是被鸡鸭啄了个精光。场坪上，几只黑色母鸡在啄食，浅水荡里映出笨拙的模样。我这才想起告之母亲，她听闻我已回来，很是惊讶。不一会儿，她即派遣两个侄辈小将来，似要护我周全。见晚辈的小孩都已长大，抬眼间懂得略略的尴尬，就像是前两年的那个版本拉长了些尺寸。他们已吃过晚饭，在外面玩雪等我。

大家在话别的氛围中分散，叔父要去堂兄家住，有车相送，但他执意步行。在老家他反对依赖一切代步的交通工具。

　　上次见母亲，还是两年前的一别。如今面色比印象中还略显润泽，眉头轻轻舒展。我和弟弟出门时对她说，莫再老了，她答应。就像一个约定。

　　第二天一早，在厨房烧饭，我自是来到她身边。言谈中，她对我聊起以往，仍情不自禁，说到某些地方落下泪来。不过是不轻易让泪挂在脸上罢了，仓促间抹掉了。她的手，我未曾好生辨识过，曾经大概也是有细细的掌纹和洁净的质地，如今已磨得粗粝。一面听她诉说，一面给予些宽慰。如今回望，风平浪静时体味彼时的苍凉。在她片段式的叙述里，我仿佛坐落在不同的时间坐标里、不同的时间节点上，经历着不同的事件，在不断切割变幻的空间，与那些人和事一一相逢。又一天，坐在灶膛边，她仍是做着手里的活，说到曾为难的一件事，潮红的眼眶盈满泪水，在滚落之前，依然胡乱倔强地揩去，眼窝像枚核桃挤去了水分。

　　天蓝得无一丝杂色，温暖的光景，有四月天的错觉。午后的太阳逐渐浓烈，到傍晚渐渐汇聚成一个大大的圆盘，挂在青灰的山脊，迟迟不肯将息。天光一片橙黄，俯照着山脊线，裁切出一片小树的剪影。忽而圆盘掉进了金色的云窟，中间冒出一颗透亮的明珠。一到晚上，房间忽入洞穴的冷，赖于火塘里一团火光。

一天外出，回来时依然见天边落日浑圆。才从低地走向高处，落日就隐下去了，只留半张脸露出来，那景象略使人惋惜又有些调皮。

天气暖和了，和山上的梦花开了。梦花是瑞香科植物，也叫千里香或山棉皮，正好说明它清香绵韧的特征。我们管它叫梦花，听起来十分家常，触手可及。跟孩子们进到山里，他们很自在地跑在我跟前，一会儿又拉开很远。还未立春，风略寒冷，树间发出飒飒的风声，越发的静。小孩子在前方见到一棵梦花树惊喜地叫起来，就像拾到一串遗落的珍珠。胶革质叶片聚集的顶端，白花泛着紫红，颗颗粒粒，尤为珍惜。几朵拥成一簇，花色透着山野清淡之气。

略粗的枝干开出的花团较大，一簇竟排列着十三四朵小花。儿时为了摘下一枝，折断了棉质的树枝，连花带皮扯下来，树皮带着苦涩的熏气。小孩说采些梦花回去吧，我说采空了，山神会不高兴的。他们便问山神在哪儿，真有山神吗？随即瞳孔里闪过一丝敬畏。

绕着一座开满花的山走了一圈。这座山原本叫合山，意为大家都有一片林子在这座山里。我却喜欢称它和山，从小听这座山上的风，看它树梢上盛的雪，采食过它的野果，折过它的花朵。山里最多的是松树，因为少有人进到山里，树木遮天蔽日，路边灌木丛中忽然冒出一株羊奶子树，零零散散结了些生涩的果子。春天已悄然在冬天的夹缝中抬头，即便到了春天也十分短暂。春天总有连绵不断的雨水，雨一停，很快就过渡到了溽热的夏季，正如范成大言，"连雨不知春去，一晴方觉夏深"。

在雨季挽着裤管进到山里，露水还是打湿了半身，在山口柏树和山茶混合的交界处，干黄的落叶下常常萌生蘑菇，甚至一座山上有没有蘑菇都可以在细微处见证。此时面对它们，除了岁月流长的情意，还有对过去时光的追悔。

无论见过的庭院多么芳华，却只留恋毫无矫饰的山中野花。盈盈一握，自有其动人之处，好过人工侍弄遍地栽植的拘束和匠气。

天空浩瀚无垠，月亮的清辉如同波纹。早上起来，天地间覆了一层银霜，残枝败叶也精神抖擞了些。地里的大青菜也是银装素裹，到下午晒去些冰碴，徒手去拔，冻得十指通红。田埂上贸然生了些十字科属的花，大概是秋季弄撒了种子，弱不禁风的样子，加上这个季节，太阳就像冰箱里的灯，没什么温度。

走在回家的田埂上，母亲忽然说，快拍那些鸡。见鸡群的队伍正往上坡处行走，齐整而有序地排成一列纵队，像商量好了似的。大概只顾在收后的稻田里啄食，耽误了归巢的时间，在最后一丝夕阳里走得归心似箭。那是一个倾斜的坡坎，铺了些碎石子和黄泥，用来连接自家的稻田，方便装载车运输。竟有些动容，但没来得及摁下快门。

门前的道路，不过是条毛糙的水泥道，这条路从前是没有的，后来才有了这条路，大家很适应地走在路上，比从前的小路平坦多了，鸡群也感受到了这样的好，走出大摇大摆的模样。这是几户人家的交通枢纽，见证着几户人家的兴衰。路的变化，于在外漂泊的人却是有些欣慰和羞耻的。五十年前搭建的房子，柴扉木门久经风雨。不知什么时候，路两边长了许多珊瑚豆，在冬天时挂着灯笼似的小果。香椿树裂开的果子被风吹落，从高高的枝头掉下蓬松的一串，有几个滚到了一边，捡起来做了一匹小马，用裂开的果壳给它长了四只脚，安了一对翅膀，小时候拿它光溜溜的干叶条当宝剑。

这天是家族聚餐，下起了雨，通往主人的家中踩起一路泥泞，人们的鞋底带了些新泥来到三伯父家中。为了一顿晚餐，主人家用了一整天的时间准备。三伯父家的大儿子热情地招呼客人，不时摩拳擦掌找那些叫来吃饭半天扭捏着的人。母亲有事做，便不去，堂兄像小孩一样推着她往前走，她只好扯下围裙前往。有一户亲戚的女主人，四处打电话催她前来，她一直扭捏着不肯来。听闻她在某处河边浣衣，堂兄便说，找人把她揪来！

客人满座，桌上菜式也是满的，腾腾冒出热气。这方人过年前后喜食猪蹄炖海带，土鸡炖银耳，鸡汤大碗粉条，酸萝卜片炒红椒，食物跟人情一样厚实直接，是大多数人家的必备菜。酒水果饮缓缓倒入杯中，给餐桌增添了丰盛，也注入了颜色。最朴实的丰盛，比珍馐百味更暖胃贴心。

祖父有十四名孙子孙女，如今散落在各处，我和弟弟作为最小的孙子孙女也已长大成人，然而各房兄弟姊妹从未聚齐过。三伯父的长相是最像祖父的，鲜少去他家，来过才知屋内极简朴。低低的灶台落在偏房，家里各处没有多余杂陈。老灶台上架三口大锅，米饭烧得松软适口，临近新年才多添些菜式，即使丰足也如此清简。

父亲在这天的尾声中宣布年会的程序，并告知大家集合的时间。

约定俗成会在腊月二十八这天打糍粑，多年前的这天还历历在目。大伯父早上把提前一晚浸泡的自家糯米用甑子在大锅上蒸熟。

甑子蒸饭讲究火候，大伯父便掌管着这一职权。每家做酒席，便用几口大甑子蒸饭，饭不黏腻，还能保持粒粒分明。甑子形似一个木桶，桶底为留有空隙的木板方便上汽。

蒸熟的糯米饭再让年轻人抬去堂屋外边，倒进阶岩上的石槽里。两个年轻人，各人手握一人多高的木杵，把冒着热气的糯米饭随意捣几下，使之互相黏着不往外溅出，继而木杵往石槽里奋力砸去。这杵子有碗口粗，扛下它需要些爆发力，伴着"哼"的一声，你方砸下，我方再砸，一来二去用不着几下，糯米饭就成了糍软的黏团。二人合力用杵子撬起来放在一块圆形的石桌上还依然滚烫，烫得等候的女人们两手不停往回缩，还是用一根棕叶拧成的圈绳，浸了些石蜡油，将糯米团套住，三下两下就趁热扒拉了下来，大家的手就各自忙开了，用手作揖一样将米团从中间挤出，轻轻一拧，往石桌上扣去，一个糍粑就生成了。

这糍粑也太黏了，诸如此类的话，年年不让说，可我们年年都没少说。越是禁忌，越容易犯忌。年纪小，大伯母就在边上轻声呵斥一句，算是纠正。过年就在各种费时耗力的手工劳动中推动了进程，备各种因为春节衍生而来的吃食。然而今年却是没有来得及做这些。

　　除夕早上，三伯父家二儿子很早便来家里做打扫工作，他不怕灰尘落入眼去，站在木梯上，对掉下来的尘絮，头稍稍地偏移。上午便是写对联，贴对联。家族中的男人们，以自有的威望，在前一晚向我命了一副对联。我坐在电视机前抓耳挠腮，最终不忍目睹生拼硬凑一副。父亲则说我的这副不如他的好，他是从老对联书上照搬而来，但大伯父家的大儿子却坚持用我的。村人很多人能写毛笔字，哪怕刚刚撸脚扎裤还在田间地头忙碌着，洗了手脚回到家中就能对着一溜红纸挥毫一气。家中好几人能写毛笔字，早上天冷，父亲写字，手不停地抖，提笔后又涂抹一遍。大堂兄在一旁奚落，老是涂！父亲则不做声，任由他说，尽管让人发表看法。众人推举大堂兄来写两副，他推辞说自己不行。但见父亲又继续犯忌涂抹，他便忍不住拿过笔，换一张大桌写开了。大概许久不练，对自己也不甚满意，也效仿别人涂改，他只得解嘲道，我也跟四叔一样！

　　细雨霏霏，一再延误了"送饭"的时间，下午雨才停。便和母亲及弟一行走在寻找外祖父母的田埂上。相对穿山越岭，在荆棘遍布的山头跋涉，这已算是一条平顺之路。虽不用前往深山，在田埂上，裤腿还是沾了几颗婆婆叮。这不是蒲公英的别称，是一种山地植物种子，叮人像年老的婆婆一样厉害之意。田野间的路也基本走不通了，母亲带的一把镰刀起了作用，所到之处，她便修整出一块坪地来。我欲帮忙，她声称要自己来，她用力去砍斫那些探头探脑的刺茎，立时草屑四溅，站在一旁不由得触目惊心。她早已年过花甲，这般用力，仿佛使出浑身解数。荆棘大片残乱混杂，将之笼统砍倒伏地，再用树杈推至一边，辟出一条小道，多年前和弟弟在外婆坟冢前植下的两棵柏树才显露出来。遂点燃香把，端出刀头，常常是一碗白米饭盖一块带皮肥肉，中间插一双竹筷，再将一杯酒泼泼洒洒倒下去。弟弟点燃一串鞭炮，一时响声如雷。还间歇扔了一些"震天响"，碎纸窸窸窣窣从半空散落一地，空旷四野，不知他们是否能听见，也怕惊扰了老人家，就此作罢。一年如这样的提笼送饭，主要在清明和春节颇为常见。

祭拜外祖父母回来，便去祭拜祖父母。因为家族人多，仿佛四围也平添了喧嚷。大伯因为腿脚不便，被人远远甩在了后边。这样的一个年，期盼了四十多年，他不无感慨地说。叔父十七岁去当兵，过年一直没有回来过，如今他回老家过一次年，才让大家聚集一堂。早年传来的消息说他在一场战役中牺牲，听到消息后的父亲把自己关在屋里几天几夜没出门，家族里的人都惦记着这个父辈中最小的孩子。

全家福亦是暌违已久，距上一次照全家福已过去了三十多年。那时哥哥姐姐们还小，依偎在旁或由自己的父母抱着，祖父也还健在，坐在最中间，那时还没有我和弟弟及最小的堂姐。大家搬着凳子，像三十多年前那样坐好。这家族里的成员，添了许多新面孔。大家来到三十多年前的老竹林，每个人的脸上都露出欢欣。三伯家的二儿子带了相机，他来摄影。透过镜头，母亲鬓发苍白，在光线下那么晃眼。我让她把手里的帽子戴上，她最终没有戴上去。后来我想，或许她自有想法，想让她的孩子能在照片里完整地看清她的面貌。父亲跟三十多年前相比，英气减去大半，眼窝起满褶皱。堂兄们一律站立一旁略显发福。大伯母年龄最大，她坐在中间，我站立在身后。大伯则神情庄重，头上高耸一顶大绒帽，那帽子像两层卷边的蛋糕。前排九个小孩子，一律红红绿绿，像包装了彩色塑料纸的糖果。

年夜饭由大堂嫂为主的几个哥嫂堂姐主打。开了三桌，口味一律偏干辣。干椒炒火腿，辣味鸭，火爆肝尖，野花椒叶炸面拖，蒜姜肉末鸡汤粉，脆酸萝卜，剁椒爆炒腊青鱼。敬香是年夜饭前惯有的程序，每样菜都盛一盅，茶盘里叠放得满满当当。先在堂屋里敬祖神，再将茶盘端去土地庙前。刚燃尽的草纸灰烬随着一起身，在裤腿边被风拂去。土地公门前落满各家的鞭炮纸屑，到岁末年根长天点着蜡烛。即便是每日上香，小庙里自然是没见到土地公公，但不妨碍人向来的虔诚。以前小庙是一个"同"字形石头砌成的房子，摆上一个破旧的碗，碗里盛半碗油，有时碗沿还有一片羽毛浸在油里。庙周围有几棵开细碎紫花的树，灰白色枝干，很有些仙风道骨，只是花的味道怪异，闻一阵就头晕目眩，其学名叫黄荆，"负荆请罪"成语荆条的由来。小庙后来被人修缮过，也像凡人居住的房屋，门前涂抹上了水泥。在节日，也有人给小庙做些打扫，铺着青灰色水泥的地面，留着三个小孔方便插香用。那只残缺的碗没有了，用的一只红花好碗，或许也有一个较小缺口。四周的黄荆不见了，只有光溜的几棵香椿树，还有一棵安静的柏树，像个值守的把门将军。

敬完土地公回来，烟雾缭绕里，大伯俯身去端盛满饭菜的茶盘，他的脚跛得让人心惊胆战。大红色鞭炮，在地上或矮树丛里噼里啪啦炸开，礼花分开并立，等着发号施令，一时震得山响。这些一般是轮不上妇孺插手的，为男子专利。大团的浓雾滚地而起，呛得人立马窜开。这些算是年夜饭的前奏。说是年夜饭，其实却还早，下午一改上午阴雨天气，太阳从半空倾泻而出，晒得人脸油光铮亮。填饱饥肠良久，回头再看众人，还在互相划着拳。相比他们对烟酒菜肴持久的热度，我等明显缺乏战斗力。上一辈在一张大桌上围坐，碗盘杯盏间敬酒夹菜之余说些拜年兴旺的话就属于客套见外了，便说自己是兄弟里最衰的，这时就会有一个不肖子从他们嘴里冒出来堪当配角。

　　大家吃完就着桌子玩扑克。父亲来到打扑克的人群里，想坐下来又觉得与辈分不符，于是搓搓手走开了。堂屋摆上几张大桌，倒几堆炭火，嗑着瓜子，打开电视，小孩纷纷争相调频。叔父带来许多钱币巧克力，孩子们扫扑一空。一个小孩子从早惹来许多骂声，有人数他一天哭鼻子七回，在拍照时还哭了一回，大家逗他，他只好破涕为笑，露出两颗缺牙。他一天不吃饭，早晚都是吃糖充饥。好不容易"冒天下之大不韪"抢来的糖果，又因为藏在身上太多，使得他一瘸一拐地走路。

　　夜晚，人们来到外面观看，用手指着最亮的那颗散射状烟花，欢喜的心情呼之欲出。别人家放的烟花分外好看，升得又远又高，可能是距离产生的美感吧。感叹着烟花带来的猝然的欢乐。顾盼之间，母亲拿出两串彩灯，在暗夜里一闪一闪，好像齐心协力传送亮光似的。平白多出的点缀，让人欢喜，也徒生出恻隐之心。这简陋的房屋在黑夜里隐藏，天昏地暗，却总有人努力地用光芒摒弃着荒凉。夜晚将一切喧嚣沉潜下来，夜半的空气冷冽，烟花的爆破声忽而更远了。

人们各自归去。手电筒浮出的光，照在叔父去堂兄家留宿的路上，夜空深得无垠。直到车开走，送的人也散了，我和弟弟才默默往回走，风吹得树叶沙沙作响。回到我们一天热闹过的地方，竟像一个人也没有了似的，彩灯的亮光孤零零地闪着。大伯和大伯母遵循年俗，在房间照例守夜，年年如此。母亲则把一些果壳残余扫至角落边去。地上散落着成堆的瓜壳鞭炮纸屑，就像新年落下了帷幕。

近年回老家的乡邻逐年减少，大多在外修了二层的小楼，或是在城里买了单元房，陆续搬走或一年到头在外地居住。渐渐只剩几处年久失修的老房子在蔓草中荒芜着，曾经的家园，植物在疯狂侵袭和反噬。有时觉得这就是野营的草地上搭建的临时住所，尚有人在或许还能比较完整地保留先前的生活痕迹。

但这方高山合围的荒僻，恰有一份超然世外的宁静。老人们不会离开故乡，他们更愿意在故土的院子里生息和老去，身体或许可以在别处寄身，但精神却始终留在了原乡。

年三十深夜，弟弟总要去大伯家坐一会儿。远处炮声隆隆，逐渐在耳边稀稀落落，热闹的新年抢年此起彼伏，年是完结，也意味着开始，却有些寂寞的余味。

正月初，天气转凉，打开门，地上一片白霜。雪沫踩上去咔嚓作响。桂树的叶片凝结成冰片的同时落进几颗雪花，镶嵌在琥珀里一样玲珑剔透。种在墙角多年的一株结香开了，明黄的颜色，花枝根根独立。晚饭就在炉子上架着锅子，既是吃饭又是保暖。锅沿在炙烤下闪闪烁烁，如星空明明灭灭。

年后大伯母赶集，在路边见她含着笑意走来。太阳照在屋前的场坪上，摆把椅子坐下，她拿出两个香蒿糍粑来。冬天也有人掐了艾蒿做这一道食品到集上售卖。叔父吃了连声称好，还泡了一大杯茶。某些时候，他就像一个受宠溺的小孩，一边将外套随处一搭，一边说着满不在乎的话。大伯母拍一拍他衣服上沾的灰并晾到晒衣杆上去。作为父辈最小的孩子，即便行至暮年，抑或也有缺失母爱的虚空。祖母去世那天，父亲不过七八岁，而他更小，还不十分懂事，慌乱中去叫母亲娘家人。父亲唯一说起这件事语调是缓慢的，但他没说更多了。

天气预报连续一周降雪，黄昏时夜鸟啼叫，声音叽叽咕咕。破晓时再也睡不着，天空像未擦去迷雾的玻璃，树枝和叶片上残存的水汽结成了冰片，母鸡勤勉地踱步，我循着它连串的爪印走进了竹林。

临走前一天，又是一场大雪。鸡崽在屋檐下拥成一团，不断抖落着羽毛上沾染的雪片。母亲准备了一些吃食给我，我让她别再劳烦，她坚持那是一份心意，一点东西都不带，她心意过不去。

这天早上天放晴了，雪花消融。红彤的太阳，像一枚摊开的鸡蛋黄。早饭没胃口。侄辈的小孩问我什么时候会回来。

下雪或是桃花开的时候，我答。

她坐着不动，让她吃饭，她却扭捏着，沉默。母亲见状，说她不该这样。或许是我又将出行牵动了孩子的情绪。我只好从灶房门边穿到后面偏房去，不让彼此间的目光相遇。偏房里堆着杂什，平常到这里劈过柴火，地上散着些木屑碎末。抬眼间见屋顶几块玻璃瓦片覆盖着一堆枯叶，堵住了雨水流动，雨滴在眉宇间滴落。四周是多年前用竹竿撑起的一道篱墙。有时候还能见到篱墙外的树根在屋檐下分发的小苗。只是时间太久了，究竟是什么时候植起的竹墙，也不知年份了。竹竿被雨水浸湿了又干，渐渐起了粉末，无声地碎裂了。

树木，房舍，断壁残垣，故园尽管凌乱，尽管不堪，破败而满目疮痍，但依旧由乡情牵系。

母亲站在门外扶着我来时的拉杆箱，等我去拔几棵结香花苗。她慢慢往前走着，等着我和弟弟跟上她。见到我时，她对我说有邻居出发去车站，他们是开车去的，人家打算让她搭顺风车。但我还没到，所以让他们先走了，言语间颇有点惋惜之意，而我恰想把离别的步履放慢。

到了车站，我让她先走，她转身走了，相见时难别亦难。班车拐弯后，前路一片模糊。我发信给弟弟，我即出发，不用向她转达。

越冬

　　故乡的山就像连绵起伏的吊床，一张又一张横亘在大地上。中间穿插着布匹鼓风一样的河流，搭建着鸟窝一样的房屋，格子样的稻田，一簇一簇的树林，构成我们居住的屏障，打雷的时候天空才扯破一道口子，雨滴犹如漫天珠帘翻飞。下雪的时候，飞雪似成千上万的精灵，自由轻盈地飞向大地，地上每样物体都披上了一件雪白的圣衣。坚硬触碰到柔软，一缕炊烟尚是人间。

　　田野间的鸟儿，头一低，衔了一支稻穗斜身飞去，有时是衔了一根树枝。鸟儿就像没有脚一样，一刻不停地飞着。到冬天，鸟就很少出来觅食了，却没有一只鸟儿因为缺衣少食而冻死饿死，看来鸟儿是忙着冬储呢。物种大抵如此。还没到冬天，外婆就在忙着越冬了。她把玉米摘下来，将轻飘飘的玉米树一棵棵砍倒，再把它们从土地上搬离。有的束成一捆背回家，一部分就烧起来了，地中间燃起一丛烟火，这不是什么值得庆祝的篝火，只不过是为下次播种时天然的基肥做准备。稻谷收了，土豆红薯也收了一堆，冬瓜南瓜也跟着在家里排起了纵队。地里的作物就不剩什么了，任它东一棵西一茬地歪在那里，干枯的枝叶也不再吸取营养，看起来是萧条的样子。此时的阳光就像冲泡了一阵的茶水没那么滚烫了。

远没到坐下来享受清闲的时候，还要去割些柴火，添些御寒的木炭。一年一年外婆家的木炭就没断过，像山一样堆砌在偏房角落，还给它盖上了一张塑料膜，好像等它蓬发变大似的，要不然怎么一直用都用不完呢？

外婆要去做什么一个字也不说，好像怕走漏了风声一样。从山道上一来她就钻进了灌木中，在一片荆棘密布的地方停下来。那些荆棘多是些蔷薇科植物，春夏开一片粉白的花，身上的刺就像咬人的嘴，让人见了就瑟瑟发抖。有时候为了摘一把山果，或者为了割一根柴火，心里一紧，舌头跟着发出"咝"的一声，身体某个部位就被它咬着了。

　　把简单几样道具放下来，快刀拿在手去割那一丛丛的荆条，荆丛很快就在手起刀落间倾倒，一会儿就有了一大片匍匐在地上。我的身边也不例外，只是没有外婆割得那么多。这种地毯式的收割，能让山上主要的松树和柏树有空间生长，所到之处被夷为平地，便有种暗爽的快乐，我不知道外婆有没有。只见她找来引火柴，一撮干枯的松针，护苗一样手捧着划亮一根火柴，松针轻易被点燃了。火苗逐渐壮大，把那些荆棘灌木茅草往火堆里一层层叠加上去，带起一连串声响，就像火棘的果子被烤熟炸裂的声音。火越烧越旺，看着火苗燃起来蹿得比人还高，空气都着火了一样，心底开始惊慌和害怕起来。虽然是光天化日下，但山坡上荒无人烟，即便有几个人也各自在自己那片山头忙碌着，一旦火势蔓延，哪怕大声叫喊也没人能够听得见。即使有人听见，而山路弯弯绕绕一时也走不到身边。附近没有水源，一旦失去控制，火苗会像野兽伸出的舌头瞬间就能把我们祖孙俩卷进去，火光烤得我不得不后退了几步。人躲去一旁，让火自己烧不就完了吗？我们从没这么想过，即便不是封山林，也不会让火势蔓延烧去任何一片山林。外婆此刻一句话也不说，好像一说话，凝神屏气的劲头就会削弱几分。火光烤得她双颊通红，她只是适当地回避，用一根树杈不停地去翻搅外蹿的火苗，就像神话里的人物用钢叉去对付龇牙咧嘴的怪兽一样，那树杈就是她的权杖，两旁的小树也在硝烟中摇晃着助威。火势降下来了，荆棘的青皮化作一片片碎屑从天空中飘下来，有的就落在她盘头的丝帕上。这时我才真正放心，倒出一口气。一看外婆手里的树杈也变得焦黑断裂，缩短了几分，额头更是烤出了汗。

这个时间，山腰上不断窜出的缕缕青烟，在阳光的映照下变成了柔雾的紫色。那些盘踞在别处山头上的人也陆续把火烧起来了，哪儿有烟，哪儿就会有人迹。等火堆全部燃尽，变成了红色或灰白色的无烟火炭，外婆就把早早准备的一桶水连同一把小刷拿来，是路上折了矮零子的树枝随手做的小刷，像野鸡身后拖着的一丛尾羽，所以人们粗糙地命名它"野鸡刷子"。小刷蘸些水淋上去，顿时烟灰四起，水火不相容地发出一连串嗞啦声，再刚硬的火遇水也会奄奄一息。这个小刷还在一旁没被丢弃，外婆拿起它在火堆旁扫了又扫。我不明白为什么要在火堆四周打扫，我没有问，也许是怕星星之火燎原而引起大面积失火，或者是想把所有劳动所得都归入囊中。刚刚才归拢的炭堆，顷刻又被外婆掀开了，当然不是徒手抓，还是用那根树杈，那就是她唯一的权杖了。

她不断地翻过来搅过去，好像要从中寻觅什么宝藏似的，然而什么都没有，只有黑色的炭灰一溜烟钻进鼻子，外婆没有让开，好像避开就是对劳动心存不敬似的。这个过程就是察看它有没有全部熄灭，发现哪里还有火气就再撒些水，见哪根没烧过背去的藤茎还冒着青烟，外婆就把它们捡起来丢向一边，有时候一连冒出好几根，拿回去生火能煮熟一顿饭。这样的烟头不捡出来，烤炭火的时候不小心夹带了进去，坐着就没有那么自在了，烟熏得人流泪，你往左边让，烟就往左边去，你往右边避开，它就来到右边跟你捉迷藏。看你被熏得兜兜转转狼狈不堪，眼里夹沙似的，身边还有人打趣烟长了眼睛，专熏你一人，你还得忍着泪把它找出来，往屋檐下的水洼里丢去。

木炭最后被收进一个麻布口袋，炸爆米花的也用这种麻布口袋兜爆米花，只是没有这般黑，显得干净些。袋口挽一个鬏，用青藤束好，掀起来横放在背笼上，外婆一手扶树杈一手抓住地上一棵灌木腾身而起，我便快速拿上散落的行头跟上。回望一眼，只见刚才烈火烧过的地方留下一圈灰迹，像一个烤糊了的糍粑。

年后我跟外婆来到另一处灌木丛，这回干活的时候就拿出几个糍粑来烤。用小石头或木棍撑着，刚把糍粑支棱起来，一会儿又不出预料地落进了灰里，在炭火里滚了又滚。等它烘熟，就顾不得沾上的灰，烫山芋一样在两手间传来传去，轻轻拍几下就吃进了肚皮，味道如出一辙，顶多就是沾了些炭灰，就像增加了调味。

劳动的一天已过去大半，回去的路上肩膀沉了不少，但心里却有种松快。我上学的一天，也是这样日落前的样子，从山路上走下来一名妇女，背上背着这样一个麻布口袋，她走得一声不吭，但她的麻布口袋却在她背上燃了起来，口袋烧了一个大窟窿，她还浑然不觉地走路。还是一起上学的小伙伴眼尖告诉了她，她停下脚步，赶紧把口袋卸下来，潮热的脸上充满感谢。我知道完整的工序，这一定是烧炭时有一个地方没撒透水，难怪外婆不停地用木杈在黑炭里翻搅。再粗糙的劳动其中也会有一些细致的考究，水洒多了在烤炭火时就不容易复燃，少了就会没浇透，自行燃起来。外婆才会把木炭堆在偏房空旷的角落，回到家半夜还要分时段起床再次察看，检查木炭都熄透了没有，会不会有个火种引发一堆木炭都燃起来，所以回到家也并不能真正地放松。

有时候想，这些再也不会干的劳动到底给了我什么？我想除了劳动本身对身体的锻造，或许还有一种潜移默化的秩序感和等待开花结果般的耐心，并且懂得珍惜自己和别人的劳动，对努力工作认真生活的人始终心存一份敬意。还有，我戏谑地想，如果哪天在野外流浪，用最简单的道具或许就能生存。

四季人间

外婆的菜园是田野里不规则的空地。不常吃的种在后山，常吃的种在屋前。

稻禾还没结出稻穗，菜畦里的豌豆就牵出了藤蔓。稻禾没有结出稻穗，却结了蚂蚱，往田埂上一走，在裤腿上乱蹿。螳螂扛着大刀，蚂蚱到处蹦跳，昆虫的颜色似禾苗，顺手抓一只，挣扎两下不见了。在菜畦边准备采一棵菜回去，却在选择面前犯了难。蝴蝶就伏在豌豆的紫花上，不知蝶恋花，还是花恋蝶。微风证明，风一吹，它就飞到别的花上去了。

田野里笼罩着一片烟气，在叶尖上凝结成水滴。小虫形成一股气团，人到哪儿，气团就在哪儿，用手驱散，一会儿又成群结队，好似一种图腾。一只金红的蜻蜓，仿佛豇豆的支架为它而搭，目似瞑，翅膀微微地下沉。一只蜻蜓大概受了伤，扑棱着翅膀，将它捡起来，放在安全的地方，像谁遗落一只宝蓝色发卡，而我将一直看管和珍视它。

我时常来到菜地旁，择一截葱管衔在嘴上，吹得呜啦呜啦响。有时候声音却是呜呜的，悠悠的。豇豆的藤蔓爬到支架那么高时歇了下来，豆荚像两支并齐的筷子。紫中带红的豌豆花，像绅士胸前口袋微微露出的手帕。外婆很早就给豌豆立了支架，生怕怠慢了它，如丝的藤蔓像一个个绿指环。野生小番茄即使混在宏大的菜畦中，也有梦想的一席之地，开一颗颗黄色五角星的花朵，结一串透亮的青红色小果。

稻田的里侧不知什么时候多出了一小片地，外婆如获至宝地种上葫芦和丝瓜。她为孩子们种下甜薯，在大石头的背面，就像她的爱隐藏得不被发现。甜薯细细的藤却很有韧性，拽起它，连带出白色壮硕的根茎。

大石头围着一片背风的角落，甜高粱整齐划一地长着。因为一场大风倒下一棵，如同脚受伤，根系还依然顽强，将土地牢牢地抓紧。甜高粱开花后茎干才成熟，开的花就像一柄高粱穗子，真正的高粱穗子会用来做扫把。绿绿的梗子，像甘蔗那么甜，一不小心就被它锐利的皮所伤。每次要砍下一棵，会有些许的不舍。因为每少一棵，就破坏了它们整齐划一的队伍。

葫芦花皱皱的，莹白色的，一只柔弱的顶花，结出的葫芦却十分硕大。苦瓜细长的花柄，单生的小黄花在花柄上摇曳，蜜蜂在上面荡个不停，隔几天，小花蜕变成一条青绿的小瓜。

菜园中间的石块上常年绿油油的，韭菜只需少许的土壤就可以长势很好。无须人力培植，渴了喝雨水，冷了晒太阳，忘了年轮地经年生长，掐来一把，过几天就能恢复原样。

初春茅草中间抽出青绿的茅穗，就像咀嚼口香糖那样的甜味，拔一根吱扭作响，像手握一把令箭一样。夏日蛙声此起彼伏，呱嗒呱嗒稚气的声音，那是青蛙在朗读夏夜的序章，沟水声混着屋前纺织娘的和弦。秋天稻子收割，田垄边垒起高高的草垛，像童话里歪歪扭扭的尖顶小房子，最上面还要盖一个房顶，像戴上帽子的树人。

在菜地拾到绢丝的头花，是谁丢在了这里，沾了些泥尘，被雨水洗得淡去了颜色，竟是我自己，忘了丢掉的日期，失而复得仿佛更值得珍惜。丢失过一个葵花盘形状的塑料头花，旧得褪了色，被邻居的女孩拾得，我用心爱的物品与之交换，她同意，我知道失而复得的意义。

跟外婆来到这里，看她默默地劳动，我使去草叶间寻觅那些不经意生长的蔬果，外婆叫它们"维生的"，会给它们一些土壤，留它们在原来的地方继续生长，有时还会立一根支架让它们攀爬。大冬瓜枕着枯黄的草茎慵懒地睡觉，一天天肥大，一直到立秋才恍然光顾主人的家。

雪花在夜晚忽然降临，大白菜渐渐把自己裹得像企鹅，腰身中间捆着一根风蚀的绳索，在冰天雪地里与同伴紧紧簇拥着。大雪适时给田野缝了一床温暖的被窝。雪花模糊了山峦，田野，瓦楞，门前的小路。

纳鞋底

遇上好天气，一些人家柴木色的墙壁就挂了一幅幅画框。那些画是一块一块的花布和青蓝布拼凑的，阳光下蒸出芋香气。过几天干透了，就把画布狠心撕下来，墙壁上很久都留着几块新新鲜鲜的印子，这就是当地非著名的"打布块"。

要说打布块就要从纳鞋底开始，而要穿上一双新布鞋，又要从种苎麻开始。这一年恐怕没几天是闲的，等一年时间过去，额头上恐怕都要多一条抬头纹。外婆把苎麻种在一个石坳里，苎麻半人高，大概石坳四面背风，防止苎麻被恶劣的天气糟蹋。但狂风还是会肆意翻动着苎麻叶片，露出银白色披毛的背面。外婆即使不干活也时常在田地边游走，观察她的苎麻是不是缺少营养。在某个秋天，外婆就把它们一抱割下来。回到家将苎麻的叶子三下两下去除，扒下皮浸泡在水里。第二天，若是个风和日丽的日子，外婆平静的脸上就来神了，她盘着腿在矮凳上坐下来，面前摆着这只大木盆。手里变戏法似的就变出一个铁夹子，把喂饱了水的苎麻皮放在夹子中间，"唰"一下过去，苎麻就剥去一层青皮。这是一个手脚并用的动作，外婆赤脚浸在木盆里，将苎麻一端绷直，两手就可以左右开弓。一会儿苎麻的白茎就一缕缕搭在了晾衣绳上，等风将它们最后一丝水分抽干，乍看之下以为谁家晒了豆皮。

如果不是亲眼所见，便不知这是纯人工种植的植物纤维。把苎麻芯从晾衣绳上收下来就可以搓麻了。据说"麻烦"一词，就始于制麻线的过程，要多麻烦有多麻烦。此时的天气还有些潮热，外婆就把阔脚裤腿卷得高了又高，取一支晒干的苎麻皮捋直拔顺，保持粗的一头并齐，手心在腿上轻轻搓去，两股纤维就合成一股力量。搓成的麻绳大概及一只手臂的长度，这苎麻线怎么拽都拽不断。

又是一日，外婆将大柜上的筐箩端出来，外婆的筐箩里收集了各式各样的布条。她把废旧的布条都收集在筐箩里，选一个晴朗的天，一早就挖来了魔芋的球状根茎，蒸熟捣碎成泥，用魔芋将布条重叠着粘起来，裱在房屋两边墙上，就有了开头的一幕幕窗下画框。

画布拆下来就可以剪鞋样。给小孩量脚长，就像是量幸福的模样。大人的脚是固定的长度，但小孩的脚每年都在长，外婆每年都要给小孩做新的鞋样。外婆剪碎了画布，还剪了棕榈树的棕衣，缝在一起就成了厚厚的千层底。黑柄亮刃的大剪刀，就像飞过横梁的燕尾和嘴，无可阻挡的锋利。

冬夜的桐油灯光给屋子里的每样东西都镶上了一层暖黄。外公得来些工夫找出长烟斗与兄长聊天，外婆戴上了老花镜穿针引线。针和线，是她的两样珍宝。笸箩里有很多线团，有黑白蓝棉线和苎麻线，怕被搅乱，外婆平日里不让我们碰笸箩。围着火塘，外婆就在灯下纳鞋底，针尾穿上了麻绳，手肘一弯一伸，她给右手中指戴了一枚银亮的顶针，每缝几针，就顺势把针尖儿往鬓间银发里拨去，使针尖儿更锋利。鞋底上的针脚又细又密，一个又一个排列整齐。在外婆眼里，无论千层底多厚，外婆都能自如地飞针走线。灯芯绒的鞋面，铺了棉花，既蓬松又柔软。

直到夜深，外婆才收了笸箩，灭了油灯。在火塘里的火信子熄灭之前埋下一个小树蔸。第二天清早，小树蔸变成一个明晃晃的火子，鎏金一样的黄，外婆用它作火引，拉开一天生活的奏鸣。

岁月恬适，与世无争，曾经拥有，并不知其珍贵。逝去时，才成其为一生永久的追逐。

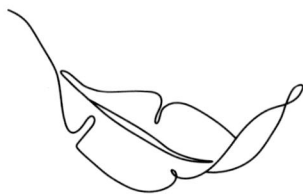

月下童谣

逢年过节，大家坐在火塘边。外婆在厨房里烹煮忙碌，与母亲话些家常，脸上皱纹里尽是祥和暖意。

早晨太阳将东边小窗的投影切成栅栏状，一条弯曲的小路对着小窗，只要我去看，就能看见母亲正朝着这边走来。她的步履轻快，过了碾坊，来到了稻田边上，那里长满五月的稻禾，或是秋收后的秧棵。初夏将会经过别人家的篱下，苦瓜或葫芦的藤蔓在竹丝上绕了一个又一个弯，开了一朵又一朵花，最后才不耐烦地垂下一条小瓜。

我们一同前来，一定会见到满园芍药最先开放的那一朵，只要我们踏进门来，一定会顺势推开外婆脸上的微笑。她对母亲说，三来了。

外公的心思就像他的书匣子一样沉默，别人不知道里面装的什么，他每天挑水和喂鸡，一会儿到东，一会儿到西，行迹就像跟人打哑谜。

吃过早饭，外公和外婆从窗下的小路去后山，邻居家的小羊也从窗下走去吃草。主人牵着它，它故意埋头走得很慢。羊食千种草，从来不挑食，对任何一种植物的叶子都细细咀嚼，充满回味似的。在田野上见到邻居家的小羊，它也会呆呆地望着你，仿佛认得你，它低下头摇晃着脖子上的铃铛。铃铛是它与主人之间沟通的桥梁，丁零当啷一响，好像在说，我在这里，你来找我。

核桃树上有洋辣子劈头砸下来，它与核桃花很像，都是淡绿色，但核桃花不蜇人。魔芋树就像一把漏斗形的伞，长在小窗下，没人去管它。它越过了扦插的篱笆，又不声不响伸向了别人家的篱墙。它的枝干让人产生可怕的联想，它的花，像一束被施了魔法的马蹄莲，布满暗黑和妖艳。

我在小窗下等外公和外婆归来，他们穿的衣服，在树叶间一眼就能辨认，就像桦树皮一样的颜色。洋姜花就像小时候的向日葵，一阵风吹来，它们微弱的花盘就倒向了一边，小号的太阳花在风里摇荡，它们就像阳光的恋人一样，因为眷恋人间留在了大地，每天与太阳遥遥相对。

大风把芭茅草刮得很长，很锋利。小黄牛却不怕它，它的鼻子像贴了一块黑胶橡皮。跟我们爱吃零食一样，就像得到一个橘子或一个苹果的奖赏。它呆立着，尾巴轻摇，不紧不慢地咀嚼。

天黑前，外公割了一捆芭茅草回家，每把都束成发髻状，里面夹着野蔷薇幼嫩的刺茎。拔掉荆棘的皮，露出鲜绿的梗。茅草里还夹杂着几条蓟草，捻在手里把玩，紫红的蓟草花就像系着一条流苏穗子。去田野里拔白茅穗，赶在白茅梗变老之前拔下许多，像收集鸡毛令箭，嚼在嘴里却像口香糖一样绵软。

我一个人来到田野上，带着专属于我的小锄，挖野生的葫葱。短短的手柄，握着它刚刚好的长度。白皙的葱头沾上些泥土，即使一个人也不会孤独。据说多食，会减弱人的记忆，在我身上大概不能奏效。挖来一大把，挽成一个发鬏。为了寻觅葫葱的踪迹，我将草丛里的蛐蛐蚂蚱看了个仔细，它们都在用草茎结绳，收藏自己微不足道的幸运。

外婆来到山坡下，收集棕榈树陈年的棕衣。棕榈树的叶柄排列着锯子一样的小齿，它的子就像长在树上的鱼子，大人叫它"棕宝"，小孩掰下它却只用来玩闹，趁人不注意灌到对方脖颈。深秋后，外婆把西红柿的种子挤在棕衣上晒干，被窝一样卷起来，让它们住进葫芦的房子里冬眠，在葫芦房子上端开个小口做它们的窗子。只有丝瓜的种子从头至尾待在自己的纱帐里。

端午节，人们用箬竹叶包角粽，摘下一整柄棕榈树叶，每片叶子下都挂了一只角粽，一会儿就系了沉甸甸一串。在院子里纳凉时，外婆将一柄棕叶撕成条状，用它驱赶蚊蝇，就像道家手里捻的拂尘。

厨房门前搭着葡萄架，李树开一树绚白的花。果树依偎着房子，房子也是树木的颜色，合在一起就是一幅写生画。老桃树有很多年了，果实乌红，花开色深，树干流出琥珀色凝固油脂。外婆就坐在灶房里做饭，炊烟绵软，锅汽四起。

楼上的卧室，立着老式的衣柜和雕花木桌，木床上挂着白色蚊帐。走廊绕房子轮廓形成一个转角。楼下堆放着杂物，打开杂物间的门，一只母鸡突然飞跳，挣脱几片羽毛，它咯哒咯哒地叫着，时光似在那一刻定格。

搬一张小凳去院子里纳凉，度过一个月光如水的晚上。院子里隆起天然的石脊，尖角被人们日益磨去。人们端着碗，坐在石头上吃饭，就着油光发亮的菜，月光更添了滋味。白日端出大簸箕在石头上晒番茄或山芋，晚上热温消退，人们以石作凳，以月亮为灯。外婆说，不能用手指月亮，月亮会割耳朵。月亮在李树上挂着，不知它从哪年就开始挂着，也不知要挂到哪年。天空是一块蓝丝绒，星星是蓝丝绒托起的宝石。

萤火虫就像一个调皮的孩子，追着追着，硕大的一只就飞进了熄灯的黑屋子，一伸手不见了，它飞上了阁楼，点着灯盏，往远处的田野中去了。

月亮是天空馈赠的美意，用清辉照耀着大地，星星用不断的眨眼来辉映。月光下不经意就哼起了歌谣："月亮堂堂，火烧茅岗，月亮转来，带重碗来，碗又深，好插针，针又尖，炒现饭，饭又甜，好过年……"

小小田

外祖父母的两丘方形小田。小梯田一塘种莲藕，一塘种荸荠。种荸荠的小田在下端，略显得珍贵一些。别人家不曾有这么小却不是用来种稻子的小田。小田漂着浮萍，青蛙拨开水面，在田埂上顿一下跳走了。有时荷梗蔓到田埂上来，一枝翠绿的荷梗像"人"一样站在了田埂上，那卷着边儿的荷尖就是一顶草帽。

来到这里，我仿佛识得它的调皮和让人称奇，唏嘘无人将它折去。

荸荠的形状像马蹄，上面连着小葱一样的绿管。比荸荠小得多的野生荸荠，看起来不像马蹄了，管状的细叶连着珍珠般的果实，比种植的荸荠小很多，味道如出一辙。绿管被扯断，珍珠就无迹可寻地陷在了淤泥里。因为极难得，全靠自然赠予，比人工荸荠还惹人珍惜。

异形莎草渐渐从两侧掩住了田埂，小孩子叫它"晴雨草"，青蓬蓬的一丛散发着草腥气。在小孩间流传，如果绿茎折断预示明天会下雨，拔一根，小心地撕开，希望明天又是一个晴天。

这一片都是外婆家的稻田和菜畦，而小田就像田野的注脚。菜畦上长着整齐的葱棵，掐了一段葱管走在田埂上吹得呜呜作响。外婆摘了豇豆，准备回去做晚饭。豆角煮得松软，飘着粉香。菜地边缘，红苋菜喧宾夺主成了夏天餐桌的主色调，红苋菜的种子不用收，落在地里，春风吹又生。小孩子喜欢用它的汁液将饭粒染成好看的颜色，那种红是集市里最好看的一种毛线的红。

南瓜秧子顶着两片肥厚的耳朵，听见了万物拔节的声音，肥绿的茎收到信号一样一路攀引。把它的家安在田间里侧比田埂稍宽的地方，也能长得郁郁葱葱。因为是多出来的这么一小片地方，收获的果实也格外庆幸似的。它的邻居有丝瓜、苦瓜、葫芦，蓬勃相连，茂盛得分不出彼此，直到细细的花柄上，各自的小花在藤架上摇曳。摘了一朵没有孕蕾的苦瓜花在手中捻玩。葫芦的白花瓣朝里卷，带褶皱的蓬裙一般。地坎上匍匐着眉豆，紫白的花一掉落，眉豆就睁开了它们细长的眉眼。野棉花向蜜蜂敞开了怀抱，允许它在花房里反复来去。带粉的白，向白过渡的粉，纯白色的更稀少一些。苦荬菜的小黄花，在草地间随意泼洒，点点似颜料滴溅。盛夏的尾巴，蛇床子对着天空撑下一把蕾丝阳伞，它的伞状花序像韭菜花那样烂漫。大树下背阴地方长了许多商陆，用它紫红色的果子涂染指甲，那种摄人心魄的红。

大黄瓜长在支架上，它第一个出生，是这一季的无冕之王，它的种子被收集在来年播种。为防误摘，主人将它用棕绳缠绕一圈作标记，等它由青白色变成土黄色，生出一道道细细麻麻的裂纹。秋风开始像把小刀子，往茅草尖上刮，往外出人们的脸上刮。外婆穿着斜襟的衫子，坐在屋檐下歇息。秋日的阳光，还徐徐冒着热气。

往者不可谏，来者犹可追。生活就像一个圆圈，是起点也是终点，人终其一生的理想不过是在寻找曾经拥有却又与之错过的那些。

碾坊

河沟上有一座碾坊，架在河沟之上。人字形的房顶，小小的屋舍，被分成好几间。

中间的屋子用来碾米，一个大碾盘占去这个房间大半。笨重的石碾在环形的石槽里旋转，就像钟表上的结构。稻子放进石槽里，需要反复碾压，经过好几遍工序过滤，最后稻壳才会与米粒分离。这一系列程序，大概全靠水力的推动作用完成。大水总有消退的时候，水位不够无法让大碾子转动起来，碾盘就悄然歇下了，就像秒针没了电量续航，停在了表框。

有人去碾米，碾坊的主人就会满面愁容地说，今天没水，碾不成米。旱季十天半月都是不能碾米的。碾坊下的镂空，石头砌成半面拱形，平常水流从拱桥下的水沟流出，赤脚下到石拱边，见一个木质大水车停摆在中间，这就是碾盘的动力源。两面石壁终年潮湿，覆着锯齿状水草和黄绿色苔藓，水车缝隙生着几簇耐阴的蕨类植物。即便盛夏，桥洞下也阴凉蚀骨。水沟的石块下隐藏着喜阴的螃蟹，轻轻把石块揭去，一只沉睡的螃蟹被惊动，盲目地爬了爬，看危险来自哪里。螃蟹身着盔甲，肩膀扛一对钳子，刚伸手去抓，水就浑了，水纹跟着轻晃两下，泥尘又给盔甲上了一层保护色，接连的障眼法，螃蟹早不知去向了。

水沟涨大水就可以碾米了，主人喜出望外一声喊，人们纷纷口耳相传。石拱下的水车转起来了，水被削成一片片水花，大石碾子也在碾盘上无所顾忌地转起来，小孩跟着大石碾子一路跑，趁它在那头还没调转过来，飞快地在碾槽里抓起一把稻壳，在主人连忙的呵斥声中跑开了。这碾盘不是没有过危险，甚至还出过事故，只是时光不可追溯，过去的事主人不想再提了。依然还有小孩见碾盘转得欢，喜欢那旋转的趣味。主人便一天到晚守在这里，一时都不敢懈怠。

大水来的时候，涌动着浓重的腥味，把上游水边人家的东西都冲刷下来了，有半翻着肚皮的鱼虾，残乱的树枝，旧衣服，旧鞋，旧袜子，尤其是鞋袜形单影只地漂在水上，看起来就有种异样。这条水沟每家门前都有一个豁口，分几级台阶，平常人站在最下面一层台阶上捣衣洗菜。但大水不容分说地来了，台阶上谁家还留着没洗的衣服，水一来就被冲走了，刚冲走不远，她就及时下到沟里去捡，随手往岸上丢去，往前一看，其他的早就一件件冲走了很远，正顺水而下，她就慌了，看着衣服顺水跑，她就在沟沿上跑，想赶在下一个豁口把衣服捞上来，抓到了就充满失而复得的惊喜，没抓到就要失魂落魄，嘴里还要不停念叨，只差一点就抓到了。这情景大概在河沟上缘发生过，才有了下缘水边上见到的一幕。住在水边的人家，家里都会备一支竹杠，一端绑着一只漏网，好把掉进沟里的东西舀上来，有时候手持着漏网，舀起来一顶不翼而飞的帽子，或者一只失足的小鸡。有时候是上缘的人家一只小猪掉下去了，不知已经漂了多少公里，早已泡得发白肿胀，忽然就来到了跟前，让人猝不及防，神情跟着它漂去，很是触目惊心。

　　碾槽里的稻子已碾好，用一只扫帚扫进竹箩，装进风车的斗里车出稻壳，直到米粒不再混合一丝杂物。风车右边有一个"Z"

字形铁把摇晃风叶，摇得越快风力越大。风车中间用一个三角旗样的木块卡住，如果风车斗里刚好装满了稻谷，木块就不让左右移动了，移动的结果就是斗里的稻谷稀里哗啦从风车嘴里全吐了出来。

跟外婆一起来碾米，打发等外婆摇风车的时间，我便在布满糠灰的墙壁上"鬼画桃符"。几扇小窗用来采光，只是小窗结满了糠灰和蛛网。刚刚还在窗户下鬼画符，忽然我就站在了风车尾部的风口里。外婆正一丝不苟地纺车，劲风掺杂了碾碎的稻壳呼啸而来，脖颈立时灌满了糠灰，就像生了刺突的飞虫让人发痒，外婆一边责备我帮了倒忙一边不停地纺着风车，在主人适时的笑声中才停下了责备。最后一秤盘米是碾坊家的劳务所得。

碾坊的女主人，腰间常年系一条深蓝色围裙，即便失去了本色，也很少见她解下来。她一天忙忙叨叨，身体弓成一只虾，走路也是匍匐状。碾坊没人碾米，她便要回去剁几大捆苔藤或一大堆楮树叶，每天给几头猪和食。她把楮叶和猩红的果子剁碎后泡在几只大木桶里发酵，久而久之身上也有楮树叶泡发的味道。

如果不去碾坊，她便要去羊圈牵那几只羊，牵了羊也是去碾坊。羊跟人拔河似的仰着脖子，朝着自己的方向用力，大概碾坊周围草叶稀缺，羊每天在那里得出了经验，有山羊胡子的那只领头羊犟着不肯屈从。早上把羊拴去一个地方，等她关掉碾坊的阀门把羊牵回来就到了晚上。碾坊有充足的水位才能碾米，连接河沟的地方有一个水阀，说是水阀其实是一块挡水的门板。门板挡下去，水位就升高，上升的水位让碾坊一角的地板都有些泛潮，似要塌下，主人偏偏就睡在这里，小床就架在上面。在地板上加盖了几块棕榈板，平时不让小孩在上面蹦跶。从木板缝里窥见水流很大，如暗夜涌动，挡水门板一抽掉就会激流直下，主人睡觉时也是哗哗作响。

碾坊人家要比别人家更忙碌一点，天黑许久，才搬来些柴火烹煮米饭，晚饭自然比别人家晚，也仿佛比别家的甜。一只黑色鼎罐，比木炭还要漆黑，煮着碾坊人家的饭食。小火塘生着火，煮着饭，女主人漫不经心地用火剪理着火堆。外面飘起大雪时，进来一个人，一边抖落肩上的雪一边怨声道，落好大雪哦！碾坊里住惯了，很自然就跟人搭起腔来。过路的行人在火塘边暖暖手就走了。来了要碾米的人，摆把板凳等着碾米。火塘里煮饭时留了些火子，正好火圈上架着半壶水，水开了发出"班班班"的声音，就像汽车发动引擎的催促声。主人正在石槽边碾米，全然顾不上这些。壶水忍不住沸腾，把壶盖也掀起来了，水溅起一圈炭灰，坐在一旁等碾米的人才慌忙将它提开来。

夏天傍晚，碾坊女主人来借一件用器，见我濡湿的头发和未泼的澡盆说，水能闹死鱼的。我还不明白她说的话，大概是见到孩子心有余悸的怨念吧。她的子女很多，子女又生了孩子，除了碾米操持家务之余，有猪羊在侧，身后还有两个孩子，每天跟着她在碾坊和房屋间往来。

一天夜里，主人家的房子因失火被彻底烧毁，这独立一隅的碾房就成了这家人安身立命的地方。

匠心独运

木匠是有些酷的，专注于手里平淡无奇的木块，手眼心合一，对别人是不屑一顾的，只为做出自己心目中的模型。木屑飞溅在他身上，也全然不在意，那样子有一些落拓和不羁。

从前有这样一个木匠，带着一身行头走在山里。迎面走来一个和尚，和尚对木匠望一眼，停止敲手里的木鱼。和尚对木匠说，施主从何处来，要到何处去？木匠答，我从一户穷人家来，他们的房子被风刮倒了，我刚给他们建了一所房子。现在房子建好了，我自然要离开去别的人家。

和尚对木匠双手合十说，善哉善哉。遇见就是有缘人，我想请施主建一座庙宇。木匠回看了一眼和尚，只见和尚破衣烂衫，袈裟也被扯掉一块，除了一脸真诚，实在是比自己还要落魄潦倒的人。没想到的是，木匠竟毫不犹豫地答应了。

你想把庙宇建在哪里呢？木匠好奇地问。和尚对山那边一指说，就在那座山腰下。那座山上不是悬崖就是峭壁，山下还有一条河，不知什么时候起多了一块平地。也许是自己一直低头赶路没注意。木匠看一眼四周，山中长满了各种珍稀大树，都是构造庙宇的绝佳材料，仿佛只要有一把斧子，这些树木就变成了横梁和檩子，只要一把凿子，这些树木就变成了椽子和雕花窗子。但光给穷人家建房就用了一年零两个月，这庙宇自然比穷人家的房子大得多，他不眠不休好几年才能做完，这其中的辛劳自不必说，就是睡觉都要跟斧子凿子绑在一起。木匠喜爱自己凿木劈料的行头，所以背着它们到处行走。别人看来是粗暴的斧头和凿子，对他来说却是巧夺天工的画笔，能画出一切理想中的模具。

和尚一句话，木匠却要干几年，就像愚公移山那样一步一个脚印。

木匠从山上取来石料做地基，用錾子切割打磨至平整。再到山上取来木料，用锯子切断及纵向分解木材，再用斧子劈削木材外部。用刨子刨削木料至顺、平、直。再用凿子在光滑的木材上凿下榫眼，再将榫眼对准榫头。他用墨斗在木板上弹下墨线，用曲尺测量每一块木料的长短，用锤子敲打钉入木楔。他刨的刨花，曲卷成了春天的飞花，凿下的木屑就成了冬天的霜雪。

每一样工具都是他的兵，他号召着千军万马。将时间化为空间，这庙宇就是这时间和空间的一处延伸，像天一样广阔，像地一样无边，庙宇就是心性生出的模具，与天地万物共存。为了隔绝雨水侵蚀，他把屋顶做成了悬山顶，为了牢固做了斗拱。为了美观，又在梁柱、斗拱上增加了木刻。

过了整整三年零三个月又三天，庙宇才终于建完了。只见庙宇镀了一层金光，和尚也不再是衣衫褴褛，而是一身袈裟出现在面前。

和尚说，为了建这座庙宇，我已花光了所有积蓄，现在庙宇建成，可我无法支付你工钱。和尚的背信弃义，确实是木匠没有想到的，虽然三年前，和尚就不像有钱的样子。木匠当初问自己要不要帮和尚完成这个心愿，心回答"是"，那就无愧于心。

和尚说，我现在只有把这座庙宇补偿给你。

木匠说，我是一个木匠，我也不会去做和尚，我要庙宇做什么？还是留给你自己吧。现在建造庙宇的使命已经完成。木匠说完，就要起身走了。

为了感恩，我愿将手中鲜花送予你。和尚把一簇鲜花给了木匠。木匠接过鲜花，看也没看一眼，那只是一捧毫无用处的鲜花。和尚顿了顿说，我还有一只生灵寄予你。木匠一看是一只猫，这只猫乖巧地依偎在和尚怀里，灵动的眼睛一下抓住了木匠的心。木匠想，猫总比鲜花好吧。

和尚说，向东走三里路，你会见到一条河，猫见了河里的水会央求给它水喝，切忌给它喝河里的水，只有回到家才能满足它这个要求。即便是猫再三请求，你也不能答应。

木匠点点头，和尚再说些什么，木匠就听不懂了。向东走过三里，果然见到一条河，即便是荒无人烟，河上也架着一座桥，四周都是悬崖峭壁，河面就像天庭一样笼罩着烟气。木匠正在过桥的时候，猫叫了三声，用乞求的眼神看着木匠。一定是猫想喝水了，木匠想起了临行前和尚说的话，切记不可给它喝河里的水。见木匠无动于衷，猫探出脑袋发出凄厉的叫声，露出哀伤的神情。过了这条河，前面就再没有河了，而天黑的时候他才能走到家，见它饥渴的样子，那时候的猫估计早就渴死了。木匠实在于心不忍，就像猫爪在一遍遍抓挠着自己的心。他把背篓放下，带着猫来到了河边。猫饥渴了三天三夜，忽然见到水，就用舌头不停地舔水。忽然一阵风拂过，木匠眨了眨眼睛，发现猫不见了，没有掉到河里去，木匠一直盯着河面，也没有听见河里咕咚的声响。木匠喊了三声，猫没有出现。只有河岸上不断漫卷的风，还有岸上那只孤零零的背篓。任木匠再怎么呼唤，猫也没有回到木匠身边。原来还想着有一只猫可以陪伴自己，现在猫也不见了，我要鲜花做什么呢？家里也没有妻子可以送给她。木匠不容分说就把背篓里的花全倒了出来，就大步朝前走去了。

木匠天黑的时候才走到家，家里还跟离开的时候一样，一个人影都没有。木匠太累了，好像身上的筋骨都累断了，他倒头就睡，一直睡了三天三夜，这三天三夜才又把筋骨一点一点拼接起来。木匠醒来后睁开眼，见自己破旧的家居然亮晃晃的，晃得人眼都睁不开，这亮光把家里物什照得亮瞎瞎的。他站起身，向着光走了过去，他吃了一惊，原来是自己带回家的背篓里的花发的光。一背篓的花，唯独这一枝卡在了背篓的篾缝里，其他的都被木匠倒在了河边，现在这花居然变成了一枝金花。

木匠第二天来到金铺里，这枝金花让金铺的人都赞叹不已。这是多么好看的一枝金花，木匠用这枝金花换回了一堆钱币。木匠回到家就开始数那堆钱币，数了三天三夜才数完，正好是他建庙宇三年零三个月又三天的工钱，一分不多，一分也不少。

那只猫本是天上厌倦了神仙日子的仙子，如果跟着木匠来到家里，猫就会变成一位美丽的妻子。

走！赶场去

　　赶场就是赶集。要说场上什么最多，那就是如山似海的人。大家从不同的村庄涌来，聚集在一起，你呷东家面，他嗦西家粉，每个地方都充斥着乡亲们的影子，简直就是一幅乡村现实版的《清明上河图》，场上就是各村的贸易中心。

　　早上吃了饭，穿戴一新经过各家门口时就要约伴似的喊一嗓子，走啊，赶场去。小孩听了，如果不能去，就要失落一阵子。那天大人正好要去买些油盐酱醋来，小孩立刻跟着来了精神，把洗干净的衣服比来比去，不断地往身上倒腾。那大人携着小孩，任小孩蹦跳着，把自己的步子也带得乱了节奏。那还不会走路的小孩，就背在背篓或竹轿里，三个五个一群，走在了弯弯绕绕的田陌上。

为了避免各地赶集撞日，临近乡镇便区分出来一、四、七，二、五、八不同的日子，每隔三天一场。那场上到底有什么东西吸引男女老少都往那里挤？一下也说不清，一下也道不明。吃的用的，杂七杂八，好像都是些没用的，也好像都是用得着的。那摊子上摆的每次都不同，每次也相同。什么时节就摆上什么时节的东西，清明就堆上了香烛纸挂，春节就扬起了春联字画。

陌生的你挨着我，我挨着你，你看看我，我看看你，好像很熟悉似的。那天天见的和不常见的人见了面就要停下来攀谈一阵，场就更拥挤了。那算命的，理发的，修鞋的，扯布的，在你还没来之前就早早拉开了阵势。算命的跟前，早就围上了两个信徒，他们蹲在地上，腆着下巴，样子是一脸的虔诚。理发的呢，已经剃光了好几个人的脑袋了。修鞋的面前也摆上了大大小小一堆鞋，机器不断咔嗒咔嗒地叫着，那是针脚走路的声音。要数扯布的阵仗最大，铺面也最宽，他眼观六路耳听八方地注视着人群的一举一动，看谁会露头走进铺面来扯布。他手里拿着半人多高的尺，你对哪块布一指，他就用长尺一勾，布就落在了你面前。家里将有婚嫁之事要置被子的，也来到他的铺面里，红的绿的黄的紫的，积齐了所有的颜色。什么百花图，百鸟图，百子图，看得人眼花缭乱，目不暇接。那工艺不得不让你叹服，这么多的花样让人联想起那婚嫁之事也是美好不过的。

那蔬菜场上也不甘落后，大家从各个地方走来，都从家中带来了富余的农作物，清早采来的还带着田间的露水。来了也不用什么大的摆设，就地铺一块布，或一个尼龙口袋，那上面摆的东西就一目了然了。红的绿的黄的紫的，都是自己种的大米，屋前树上摘的果，自家地里收的菜，放养母鸡生的蛋，统统在人来人往的路边露了脸。卖鸡蛋的，把十来个鸡蛋放在半袋谷壳之中，只露出一个白尖尖来，你不买，她还会背回去，给自家孙子享用。

不用卖力吆喝，只要安静坐着就行了，跟相邻的人有一搭没一搭地聊聊天，就有人在面前停了下来。等卖完收起就走了，这时场还没散，刚刚还是卖东西的又摇身一变成了买家，看还缺什么家什又去买别人家的去了。

猪牛场上也聚满了人，多是些壮年男人和上了年纪的牛客在这里，嘴里叼着纸烟，蹲在地上同人说话，一副深谋远虑的样子。他们在看谁家的牛膘肥体壮，脾气是不是倔，家里那几亩田地能不能让它当家，谁家的小猪崽长着一副吃相，买回去肯定见风就长。他们围在一起攀谈，好像在商议一件庄重严肃的大事似的。听了别人的看法，自己也有了些掂量，于是把小猪崽的两只后腿从别人的竹笼里倒提出来看了又看，那长着黑毛或白毛的小猪崽惊慌地尖叫，拼了命想从人手中挣脱，两只前蹄在地上刨出了一个又一个坑。卖鸡鸭鹅的也在不远处的路边排起了队，那养鸭子的是最辛劳的，难得一天清闲。每天他都把一群鸭子赶去一丘又一丘田，他就在田边守着。他拿一根长长的竹竿，不在旁边时就把竹竿插入水中，等他来了再看一眼那群鸭子，把竹竿迅速从水田边拔起，又中一团稀泥就朝着冒了头的鸭群扔去，冒头的鸭子嘎嘎叫两声就回到了队伍。那竹竿泡得久了，入水的部分就像收割后在水里泡久了的稻禾一样生了锈，他整个养鸭生涯要用坏很多根竹竿。

还有那流动的摊贩，他们不急不躁的样子，你不认识他，他见你也一脸的笑，哪里有场他们就赶去哪里。那摆得整整齐齐的穿的用的，等这里的场散了，就统统用一个大布包装上，明天还要到别的场上依次摆起来。

如果问我场上什么最好吃，那肯定是灯盏窝窝，这算得上一项发明，它抚慰了多少孩子的心。从场口上一来就闻到了它的油香味，忍不住步子都快了些。刚炸出来的灯盏窝窝色泽金黄金黄，吃起来脆香脆香。场口上的拖拉机"突突突"地叫着，好像也在催你多买几个，那香味一溜烟飘出来，让拖拉机的柴油味都没那么难闻了。买一串就用棕绳系上在手里拎着，小手和棕绳都是油腻腻的，还要想着给家里的弟弟妹妹们带些回去。明知你赶场去了，他们在家都格外听话些，在家里算着赶场回来的时间，一听见说话声，就立刻飞奔了过来，身子把大人的背篓压低，一看没有灯盏窝窝，一定会惹得他们哭一回鼻子。

这灯盏窝窝自己家里也能做，但不如场上的好吃热闹，而且还不让你一次吃个饱。泡了一夜的黄豆和糯米，在磨盘里碾碎，就成了白里透黄的米糊，再给米糊里加一些盐和花椒，就有了花椒味，撒上翠绿的葱花，就有了葱香味。

看一个炸灯盏窝窝的老婆婆入了神。她摆了一张凳子，面前架了炉子，山茶油在铁锅里翻滚，边上放着炸灯盏窝窝的米糊。用一个长勺在里面挖了满满一勺，跟着就放进了面前的油锅，这长勺长得就像个八分音符，在油锅里欢快地奏鸣。只要眨眼的工夫，灯盏窝窝就从音符的圆圈中脱落，挤挤挨挨地在油锅里扑腾。老婆婆一时就忙不过来了，她不停地左右开弓，眼底好像染了层金黄的油气。站在一旁看的，嘴里就来蛇了，只想吃那个最老最黄的，腹部冒尖的，怀揣个茶壶嘴式鬆鬆的。

除了灯盏窝窝，就是糯米粑粑了，里面裹了软烂软烂的红豆。薄薄的一片也丢在油锅里，"嗞啦"一声下去，立刻就冒起了油花，这下音符还浸在里面就有些像荷塘里的荷梗，糯米粑粑就有些像伏在水上的荷叶。灯盏窝窝一吃香，那些时下里的苞米粑粑洋芋粑粑都纷纷登场，裹着一片桐衣，在煤炭炉上享受着水蒸浴。苞米粑粑穿的是量身定做的衣裳，跟自己的肤色如出一辙。场上还有白色的发糕粑粑，像一面斗笠扁扁的，软糯得小婴儿的脸似的。还有大块的芝麻饼，那应该是一种月饼，咬一口硬硬的，吃起来却可以甜很久。两个小孩各一半，大人谁也不偏袒。让小孩好好听话，赶场就去买芝麻饼子，成了那几天的快乐之源。

在场上走累了就随便找个有板凳的地方坐下，冲一碗甜酒，捞一碗米豆腐，下一碗粉，布阵一样排列，等下足了佐料，再倒些木姜子油，就可以挑动筷子。在场上走着，即便不认识的人也可以搭几句腔，有了这盛会一样的背景，仿佛谁的心情都好，彼此间都会笑一笑。进了腊月，三天一场的场次就在乡亲们的口里进入了倒计时。最后两场，大家齐力一声吼，走，赶场去！就要把场撑破，把场挤爆。那些花生橘子就在脚边的场地上任意滚落。一年到头，场上数过年前人最多，那塞不下的东西，超出了背笼高度的就耷拉在外边，仿佛一种炫耀，看，我买的甘蔗和粉条。

场不仅是自由买卖的地方，还是信息沟通的场所。谁家娶媳妇谁家嫁女儿，便在场上走一趟，准会碰见一个人是那远亲的近邻，给那远亲捎上信，请他哪月哪日来家里吃酒。总之，你想见的不想见的，都能在场上出其不意的时候碰上。你愿意同他说话，便早早走到跟前来了，尽量释放出最大的热情，或者干脆抓住他的手去找个清净的地方聊天。不愿见的，你就当大路朝天各自半边，往人堆里一隐就不见了。

在场上见到了我的同学，她站在她家热气腾腾的包子铺前，想起在课堂上我们打闹被老师抓了现形，她一笑，我也笑，看来我们都没有怪对方。在场上见到了彼此最世俗的样子，我们都害羞起来。

我跟邻居梅一起在场上买起了衣服，梅挑来一件带着自己名字元素的衣服，她去了广东，又去了浙江，穿着那一身衣服闯荡四方。在场口不远的地方，外婆在这里卖过蔬菜和鸡蛋。所以对卖菜的老人，我就俯下身把语气变得谦和再谦和一些，耐心地同他们说话，不会同他们杀价。

我在场上第一次自己买了一双凉鞋，还是赊来的。母亲在场上给我买过好几双凉鞋，几次都是同边鞋，我只能跛着腿跳着脚走路。要不就是鞋子太小，我的脚太大，三天后去换，再也找不着上次卖鞋的那个人了。

赶场的人渐渐少了很多，他们去了外地的城市，回来了还赶场，只是他们换了着装。场上也是相亲的地方，约在那天赶一回场，看看对方给背篓塞下的东西，就知道合不合心意。场上多了些奇怪的人，一个人头长在花瓶里，还能张嘴吃东西，让十里八村的人开了眼界，细看却有些毛骨悚然，有点不喜欢这场上的样子了。

场太大了，一天赶完场，我就把自己弄丢了，看哪儿都像回家的路。我走了很远，却还没有回到家。路上都是赶场回去的人，我就像个别的物种来到了他们中间，他们都用奇怪的眼神看我，问我要不要跟他们回家。我越看越不对劲，回想赶场来时路边见到过一排排涂满"牙膏"的树，现在这些树却不见了。我开始往相反的方向走，又来到了赶场的地方，场上已经没人了，天都快黑了，没有人的场上就是空空荡荡的了。一个认识我的人见我天快黑了还在外面晃荡，问我要去哪里。我幽幽地说我回家。我从她迷离的眼神中猜测我把回家的方向弄反了，刚才走的路越走只会越远，我只能狠心退回来。

　　我往相反的方向加快了步子，果然看见了一排排涂满"牙膏"的树，我仿佛坚定了回家的信心。等我回到越来越熟悉的地方，最终回到家的时候，天已经黑了。家人对我说，你去了哪里？你再不回来，我们就要出发去找你了，我说我就是赶场去了。七岁那年，我把场赶成了一个人的寂寞。